选堂诗词评注

饶宗颐 著

陈韩曦 翁艾 注译

南方出版传媒
花城出版社

中国·广州

黑湖集

图书在版编目（CIP）数据

黑湖集 / 饶宗颐著；陈韩曦，翁艾注译. -- 广州：花城出版社，2013.7（2018.3重印）
（选堂诗词评注）
ISBN 978-7-5360-6706-6

Ⅰ. ①黑… Ⅱ. ①饶… ②陈… ③翁… Ⅲ. ①古体诗－诗集－中国－当代 Ⅳ. ①I227

中国版本图书馆CIP数据核字(2013)第129828号

出 版 人：詹秀敏
策划编辑：詹秀敏
责任编辑：李 谓　杜小烨
技术编辑：薛伟民　凌春梅
装帧设计：王　越
图片来源：饶宗颐　饶清芬　陈韩曦
图片编辑：许　栩　蔡文超

| 书　　名 | 黑湖集<br>HEIHU JI |
|---|---|
| 出版发行 | 花城出版社<br>（广州市环市东路水荫路11号） |
| 经　　销 | 全国新华书店 |
| 印　　刷 | 佛山市浩文彩色印刷有限公司<br>（广东省佛山市南海区狮山科技工业园A区） |
| 开　　本 | 787毫米×1092毫米　16开 |
| 印　　张 | 10.5　4插页 |
| 字　　数 | 70,000字 |
| 版　　次 | 2013年7月第1版　2018年3月第2次印刷 |
| 定　　价 | 32.00元 |

如发现印装质量问题，请直接与印刷厂联系调换。
购书热线：020-37604658　37602954
欢迎登陆花城出版社网站：http://www.fcph.com.cn

1960年,饶宗颐摄于香港大屿山。46年后,他所站之处成为"心经简林"所在地

1960年,饶宗颐在香港新界青山

1971年，时任耶鲁大学教授，饶宗颐在美国黄石公园写生

1972年，饶宗颐在新加坡国立大学

1979年，饶宗颐在瑞士湖边与郭茂基（瑞士教授）合影，《古村》作于是时

20世纪60年代，饶宗颐教授与戴密微教授摄于欧洲，照片原件藏香港大学饶宗颐学术馆，为"饶宗颐教授资料库暨研究中心"之"戴密微档案"藏品

1990年，饶宗颐在威尼斯

2012年6月29日，饶宗颐在西泠柏堂书题"播芳六合"

黑湖（Lac Noir）为瑞士名胜，饶宗颐教授于1966年因戴密微教授之邀，往游其处。沿途得绝句三十余首，戴密微教授为之译成法文。饶教授手书诸诗及戴密微教授之译句，于2006年在法国出版。

**黑湖游展册**

1. 马牙皴法耸奇峰，墨泽涵波润古松。欲向山灵留粉本，月明来此听楼钟。选堂。
2. 玉山堆里看冰山，磐石当空意自闲。悬渡崑崙难比拟，湖风吹我出林间。选堂。
3. 萦青缭白万峰头，遏日飞柯泻急流。落叶满山人迹杳，涧泉和雪洗清愁。选堂。
4. 千林突兀出雕墙，雪外千峰护夕阳。携杖远来忘欲返，松花犹带古时香。选堂。

**黑湖游展册**

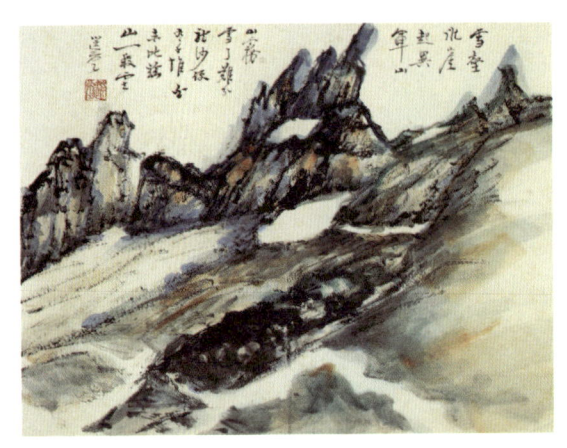

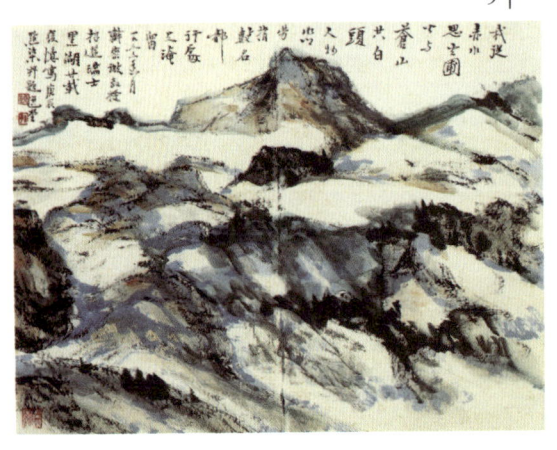

5. 雪壑冰崖起异军，山山雾雪了难分。龙沙便有千堆白，未比兹山一段云。选堂。
6. 苍山负雪烛天门，叠嶂晴时带雨痕。绝壁翻空入无地，遥遥又见二三村。选堂。
7. 每从疏处透阳光，密树攒攒叠万行。小大依人还自得，山花笑我为谁忙。选堂。
8. 出门喜有好风俱，绿树成阴即吾庐。一事令人长系念，绣球花下食湖鱼。瑞士大林作，选堂。
9. 我从赤水思玄圃，公与苍山共白头。人物水乡劳指数，名都行处足淹留。一九六三年八月，戴密微教授招游瑞士黑湖，廿载后忆写，庚辰点染并题。选堂。

写生地区：瑞士

# 目　　录

**黑湖集**
Mont-la-ville/3
自 Evian 经 Leman 湖中瞻眺/4
Chillon 读拜伦诗/6
Vevey 车中戴老为述当地史迹/9
R. M. Rilke 墓/10
Rhône 河/11
Zermatt 道中和李白/12
夕归呈戴老/14
Gornergrat 峰顶/16
自 Riffelalp 舍车步入林丘/18
黑湖（Lac Noir）坐对 Cervin/20
车中望白牙山（Dent du Midi）/23
Lausanne 泳池/24
Bellerive 公园/25
Grands Bois（大林）/27
别 Lémen 湖/28
Mont Tendre（柔山）山上六首/29

**南海唱和集**
寄赵叔雍星洲叠其壁字韵/35
答赵叔雍　三叠壁字韵/39
又一首　四叠前韵/41

题李弥庵虞山诗卷　五叠前韵/43

黄尊生濠镜　六叠前韵/45

和叔雍林中见群夷　七叠前韵/47

题抱朴子　八叠前韵/49

秋间攀大屿山于凤凰岭侧候日出　九叠前韵/51

晚经大风坳　十叠前韵/53

谢彭袭明赠画　十一叠前韵/55

题神田邕盫藏书绝句　十二叠前韵/58

阳月遣兴　十三叠前韵/60

题潘莲巢墨兰卷　十四叠前韵/62

酬水源渭江并呈多纪上人　十五叠前韵/64

赠琴师容翁心言　十六叠前韵/66

雨夜鼓琴　十七叠前韵/68

作书　十八叠前韵/70

再答叔雍　十九叠前韵/72

镜斋鼓琴录音寄高罗佩吉隆坡　二十叠前韵/74

题双玉簃图　二十一叠前韵/76

自题长洲集　二十二叠前韵/78

人日　二十三叠前韵/80

觅句　二十四叠前韵/82

谢彭醇士赠画　廿五叠前韵/88

题龙宿郊民图并寄杨联升教授　廿六叠前韵/90

陈槃庵惠贶五华诗苑因题其书　廿七叠前韵/93

赤柱访蜑家　廿八叠前韵/95

屯门晚望　廿九叠前韵/97

送吉川幸次郎教授东归　三十叠前韵/99

再答叔雍　三十一叠前韵/101

寄棪斋伦敦　三十二叠前韵/103

下大屿山遇暴风雨涧水陡涨追记六首　三十三至三十八叠前韵/105

题范宽秋山行旅图　三十九叠前韵/112

题秋山问道图　四十叠前韵/114

题郭熙早春图　四十一叠前韵/116

赠立声　四十二叠前韵/118

和叔雍元日诗　四十三叠前韵/120

香炉峰巅看日落，忆梦老星洲。梦老近作画，揽取如拾遗，而神理自足。　四十四叠前韵/122

九日小集媚秋堂　四十五叠前韵/124

道风山上迎月示同游诸子兼柬存仁教授　四十六叠前韵/126

有感元夜七星同聚续和叔雍壁字均第四十七叠/128

**戴密微教授与饶宗颐教授书信来往/131**

# 黑湖集

一九六六年八月,戴密微教授招游Cervin,在瑞士流连一周。山色湖光,奔迸笔底,沿途得绝句卅余首。友人以为诗格在半山白石之间,爰录存之,藉纪游踪。戴老为译成法文,播诸同好,雅意尤可感也。

饶宗颐记

# Mont-la-ville[①]

一上高丘百不同，山腰犬吠水声中[②]。
葡萄[③]叶湿枝头雨，苜蓿[④]花开露脚[⑤]风。

注释：

①Mont-la-ville：位于瑞士沃州区莫尔日的蒙拉维尔乡镇。
②唐·李白《访戴天山道士不遇》诗："犬吠水声中，桃花带露浓。"
③葡萄：瑞士葡萄种植业至少已有千年历史，从日内瓦沿雷蒙湖北岸向东延伸，直到阿尔卑斯山脉腹地，处处可见葡萄种植园。
④苜蓿：大宛语 buksuk 的音译。植物名。豆科，一年生或多年生。原产西域各国，汉武帝时，张骞使西域，始从大宛传入。又称怀风草、光风草、连枝草。花有黄紫两色，最初传入者为紫色。可供饲料或作肥料，亦可食用。《史记·大宛列传》："〔大宛〕俗嗜酒，马嗜苜蓿。汉使取其实来。于是天子始种苜蓿、蒲陶（即葡萄）肥饶地。及天马多，外国使来众，则离宫别观旁尽种蒲萄、苜蓿极望。"
⑤露脚：露滴。唐·李贺《李凭箜篌引》诗："吴质不眠倚桂树，露脚斜飞湿寒兔。"

浅解：

　　此诗简短而又生动地描绘了 Mont－la－ville 乡镇的田园风光，山中闻犬吠，细雨浸葡叶，苜蓿花在露脚风中盛开，一片祥和恬淡之境应景而生。

　　**简译**：一登上高高的山丘风景自然不同，家犬吠叫隐约交杂于山腰潺潺的水声之中。细雨浸湿葡萄枝叶，苜蓿花在露脚风中盛开。

# 自 Evian 经 Leman 湖①中瞻眺

恍如一叶②渡江时，山色波光潋滟奇③。
日月此中相出没④，飞来白鸟⑤索题诗。

注释：

①Leman 湖：日内瓦湖（法方称莱芒湖）是阿尔卑斯湖群中最大的一个。湖面面积约为 224 平方英里，在瑞士境内占 140 平方英里，法国境内占 84 平方英里。日内瓦湖海拔 1230 英尺，长 46 英里。湖面最宽处为 8.5 英里。湖水最深处 1017 英尺。湖畔和毗邻地域，气候温和，温差变化极小，建有许多游览胜地。
②一叶：比喻小船。唐·司空图《自河西归山诗》之一："一水悠悠一叶危，往来长恨阻归期。"宋·苏轼《赠邵道士》诗："相将乘一叶，夜下苍梧滩。"
③宋·苏轼《饮湖上初晴后雨》诗："水光潋滟晴方好，山色空蒙雨亦奇。"潋滟：水波荡漾貌。《文选·木华〈海赋〉》："浟湙潋滟，浮天无岸。"李善注："潋滟，相连之貌。"
④东汉·曹操《观沧海》："日月之行，若出其中；星汉灿烂，若出其里。"
⑤白鸟：白羽的鸟。鹤、鹭之类。《诗·大雅·灵台》："麀鹿濯濯，白鸟翯翯。"唐·刘长卿《题魏万成江亭》诗："苍山隐暮雪，白鸟没寒流。"

浅解：

饶公瞻眺 Leman 湖远景，水光山色如痴如梦，仿佛将其引入画境，而他所要做的便是为这幅天然的画作赋写美丽的诗篇。

**简译**：眼前之景如诗如画：一叶轻舟泛涟漪，水光荡漾山色奇。日月交替相出没，白鸟邀我索题诗。

涕柳垂堤绿正繁，看山一路落平原。
片帆①安稳西风里，领略湖阴顷刻温。

涕柳二字用法文 saule pleureur。

注释：

①片帆：孤舟；一只船。唐·李颀《李兵曹壁画山水各赋得桂水帆》："片帆在桂水，落日天涯时。"

浅解：

此诗承前诗之意，进而描写 Leman 湖岸、湖中之美景，绿柳垂荫，孤舟泛游，令人顿时产生温郁之情。

**简译**：涕柳垂堤绿荫繁茂，绵延山势接连平原。孤帆携风稳泛湖心，领略水中的片刻温情。

# Chillon①读拜伦②诗

小鼠窥人啮一灯,坏墙沮洳③是良朋。
剧怜人更微于鼠,想见冰心④共泪凝。

拜伦 The Prisoner of Chillon 句云"To tear from a second home with spiders I had friendship made……Had seen the mice by moonlight play, and why should I feel less than they?"可以人而不如鼠乎?不胜愤懑之情。

注释:

①Chillon:西庸城堡是最能够代表瑞士的古城堡,在瑞士乃至整个欧洲数不清的古老城堡里,西庸城堡有其无以替代的独特地位。被称为"欧洲最美丽的中世纪城堡之一"。
②拜伦:乔治·戈登·拜伦(1788—1824),是英国19世纪初期伟大的浪漫主义诗人。其代表作品有《恰尔德·哈罗德游记》、《唐璜》等。
③沮洳:低湿之地。《诗·魏风·汾沮洳》:"彼汾沮洳,言采其莫。"孔颖达疏:"沮洳,润泽之处。"
④冰心:纯净高洁的心。《宋书·良吏传·陆徽》:"年暨知命,廉尚愈高,冰心与贪流争激,霜情与晚节弥茂。"唐·王昌龄《芙蓉楼送辛渐》诗之一:"洛阳亲友如相问,一片冰心在玉壶。"

浅解:

1816年,当英国天才诗人拜伦,在自己的祖国遭受到政敌的毁谤和攻击时,又面临着家庭破裂的悲剧,绝望和痛苦的他,逃亡似的来到了瑞士日内瓦湖畔,邂逅了另一位英国著名诗人雪莱,俩人一见如故。在这幽美的湖光山色中,两人常泛舟湖上,或促膝长谈、或登上皑皑雪山之巅、或漫游于风光如画的乡野之间,在夏季里的一天,游览了这座古堡,在这阴惨的地牢里,他想起了为民族自由而受苦一生的战士,感慨系之,回到家中,一夜写成了著名的长诗《西庸的囚徒》。钱仲联指出,饶诗善于摹绘异域风土,尤其善于"汲取西哲妙谛及天竺、俄罗斯诗人佳语以拓词境",这是其"长技"。此诗有感而发,以化用西诗为主,而兼用传统的文学意象("冰心"),中西典实并用,感叹诗中之"人不如鼠"的境地,愤懑之情衍生,二人地隔东西,时越千年,而诗意、情怀则遥相契合。

**简译**:小鼠乘人不备正在偷咬油灯,栖息于残败之墙低湿之地。可怜人的地位比鼠更加微贱,想见拜伦当年的冰雪情怀不禁使人同凝热泪。

犹余古道①照风檐②,隐隐林间上缺蟾③。
珠岫珂岑残雪霁,晚花带雨落廉纤④。(珂岑见张融海赋)

注释:

①古道:古老的道路。唐·杜甫《田舍》诗:"田舍清江曲,柴门古道旁。"
②风檐:指风中的屋檐。唐·李商隐《二月二日》诗:"新滩莫悟游人意,更作风檐雨夜声。"
③缺蟾:犹缺月。宋·范成大《锦亭然烛观海棠》诗:"银烛光中万绮霞,醉红堆上缺蟾斜。"
④廉纤:细雨貌。韩愈《晚雨》诗:"廉纤晚雨不能晴,池岸草间蚯蚓鸣。"

浅解:

此诗描绘了饶公读诗时周边环境以及心境之变化,在一个没有月亮的夜晚,周围只剩下凄寥的古道与冷风中的屋檐相伴,饶公却依旧能够从中发现美、感悟美,雨雪天气那种宁静恬淡之境令人内心澄澈。

**简译**:此地似乎只剩下悠久的道路与风中的残檐相依,残月隐隐在林间升起。远近如珠如玉般的山峰残雪初晴,迟发的花儿在细雨飘零之中悄然绽放。

杰阙方壶①峙激流,佳篇天地必长留。
当年漆室②今生白③,漫道④人间不自由。

注释:

①方壶:传说中神山名。《列子·汤问》:"渤海之东,不知几亿万里,有大

    壑焉……其中有五山焉：一曰岱舆，二曰员峤，三曰方壶，四曰瀛洲，五曰蓬莱。"
②漆室：春秋鲁邑名。鲁穆公时，君老太子幼，国事甚危。漆室有少女倚柱而啸，忧国忧民。见汉·刘向《列女传·漆室女》。后用为关心国事的典故。亦有暗室之称。清·赵翼《边外诸土司地每清晨必起黑雾咫尺不可辨辰刻方散》诗："真同墨穴行，岂输漆室作。"
③生白：生出光明。《庄子·人间世》："瞻彼阕者，虚室生白，吉祥止止。"陆德明释文："崔云：'白者，日光所照也。'司马云：'室比喻心。心能空虚则纯白独生也。'"
④漫道：莫说，不要讲。唐·王昌龄《送裴图南》诗："漫道闺中飞破镜，犹看陌上别行人。"

浅解：

　　拜伦之诗有着一种侠骨柔情，宛有"峙激流"之境，"拜伦式英雄"是个人与社会对立的产物，拜伦笔下的人物孤傲、狂热、浪漫，却充满了反抗精神，反映了诗人当时在国外流亡生活初期的痛苦和悲哀，而今这些诗歌成了为抒发自由、幸福和解放而斗争的代言词。饶诗即对拜伦诗歌的自由思想以及对当今的影响进行简洁的阐释。

　　简译：金碧辉煌的宫阙峙立于激流之中宛若"方壶胜境"，美好的诗文必将于天地间流芳百世。当年暗无天日的暗室如今却纯白独生，莫要常说人间并不自由。

# Vevey<sup>①</sup>车中戴老<sup>②</sup>为述当地史迹

我从赤水<sup>③</sup>思玄圃<sup>④</sup>，公与苍山<sup>⑤</sup>共白头。
人物水乡劳指数<sup>⑥</sup>，名都行处足淹留<sup>⑦</sup>。

注释：

①Vevey：瑞士西部城镇。在日内瓦湖东岸，洛桑和蒙特勒之间。最早是罗马居民点，后发展为贸易中心。
②戴老：戴密微：(Paul Demiéville，1894—1979)，法国著名汉学家，敦煌学重要学者，法兰西学院院士。戴密微学识渊博，治学严谨，兴趣广泛，在中国哲学，尤其是佛教、道教、敦煌学、语言学、中国古典文学等方面都有杰出成就，并因此在汉学界享有盛誉。他从研究敦煌经卷始，继之及于禅宗、禅意诗、文人诗。尤其是评介中国古典诗歌深入细致，推动了法国中国文学研究的发展。著述极为丰富，专著、论文及书评约300余种。
③赤水：古代神话传说中的水名。《庄子·天地》："黄帝游乎赤水之北，登乎昆仑之丘而南望，还归遗其玄珠。"《楚辞·离骚》："忽吾行此流沙兮，遵赤水而容与。"洪兴祖补注引《博雅》："昆仑虚，赤水出其东南陬。"
④玄圃：传说中昆仑山顶的神仙居处，中有奇花异石。玄，通"悬"。《文选·张衡〈东京赋〉》："左瞰旸谷，右睨玄圃。"李善注："《淮南子》曰：'……悬圃在昆仑阊阖之中。''玄'与'悬'古字通。"北魏·郦道元《水经注·河水一》："昆仑之山三级：下曰樊桐，一名板松；二曰玄圃，一名阆风；三曰层城，一名天庭。是为太帝之居。"
⑤苍山：青山。唐·杜甫《九成宫》诗："苍山入百里，崖断如杵臼。"
⑥指数：屈指计数。宋·曾巩《太平州回转运状》："聚集感惭，岂胜指数。"
⑦淹留：羁留；逗留。《楚辞·离骚》："时缤纷其变易兮，又何可以淹留？"

浅解：

此诗生动地描绘出戴公为饶公讲述Vevey人物水乡事略，让饶公思绪万千，随之驰想四方，领略游赏名都之雅趣。

**简译**：我的思绪飞越赤水玄圃，唯有戴公能老当益壮与苍山共白头。当地水乡的人物史迹劳君述说，名都处处都值得我们游赏驻留。

# R. M. Rilke<sup>①</sup>墓

人间从此变凄寥<sup>②</sup>，花下高眠意自留<sup>③</sup>。
留有暗香<sup>④</sup>谁省得<sup>⑤</sup>，西风新冢树萧萧。

Rilke 自镌句于墓碣，其辞曰"Rose, oh reiner Widerspruch, Lust Niemandes Schlaf zu sein unter soviel Lidehi!"至今索解人亦不易。

注释：

① R. M. Rilke：莱纳·玛利亚·里尔克（Rainer Maria Rilke，1875 年 12 月 4 日—1926 年 12 月 29 日）是一位重要的德语诗人，除了创作德语诗歌外还撰写小说、剧本以及一些杂文和法语诗歌，书信集也是里尔克文学作品的一个重要组成部分。对 19 世纪末的诗歌体裁和风格以及欧洲颓废派文学都有深远的影响。
② 凄寥：寂寞空虚。元·舒頔《次孤岳主人韵》诗："尘世浮云随变见，且容花鸟伴凄寥。"
③ 花下高眠意自留：此句化用 Rilke 墓志之句"Lust Niemandes Schlaf zu sein unter soviel Lidehi"。
④ 暗香：犹幽香。宋·李清照《醉花阴》词："东篱把酒黄昏后，有暗香盈袖。"
⑤ 省得：晓得；明白。《全唐诗》卷七八五载《听唱鹧鸪》："夜来省得曾闻处，万里月明湘水流。"

浅解：

1927 年 1 月里尔克被埋葬在瓦莱西边的小镇 Visp，在平滑的墓碑上写着里尔克生前为自己所作的墓志铭（因里尔克死于白血病，一说是由于玫瑰针刺感染）："Rose, oh reiner Widerspruch, Lust Niemandes Schlaf zu sein unter soviel Lidehi!"玫瑰，噢纯粹的矛盾，欲愿，是这许多眼睑下无人有过的睡眠。饶诗道出了 Rilke 墓碣索解不易的情况。

**简译**：人间从此变得寂寞凄寥，在花下长眠本意自留。这幽香的背后谁能理解得透，新冢之旁西风悲泣草木萧萧。

# Rhône 河①

急滩②对我尽情啼，万顷波涛石夹泥。
雾里看山成一快③，晓风云水欲平堤。

注释：

①Rhône 河：称作罗纳河（法语 Rhône，普罗旺斯语 Roun，德语 Rhone，意大利语 Rodano，都从拉丁语 Rhodanus 来），流经瑞士和法国的大河。是欧洲主要河流，法国五大河流流域之首，流往地中海的除非洲的尼罗河以外的第二大河流。源出瑞士境内南阿尔卑斯山达马施托克峰南侧罗讷冰川。在法、瑞边界通日内瓦湖（莱芒湖）流出后经法国东南部流入地中海。全长 812 千米，流域面积 9.7 万平方千米。在欧洲史上占有重要地位。
②急滩：河道中水浅流急之处。唐·崔道融《溪夜》诗："渔人抛得钓筒尽，却放轻舟下急滩。"
③一快：谓一舒郁结情怀。宋·苏轼《慈湖峡阻风》诗："暴雨过云聊一快，未妨明月却当空。"

浅解：

　　罗讷河沿岸河网纵横，支流众多，河水含沙量较大，大量泥沙淤积于河口，水流湍急、冲刷强烈，饶诗即形象地描绘了其显著的特点。

　　**简译**：河滩急流冲着我尽情奔鸣，万顷波涛夹着滚滚泥石。透过云雾欣赏远近的山峦舒缓心中的郁结，早晨风起使连接天地间的云水之气欲与堤坝齐平。

# Zermatt① 道中和李白②

无数层峦莽莽山，飞鸢③去雁不知闲。
游人踟躅④将安往⑤，只在高低残雪间。

注释：

①Zermatt：采尔马特（Zermatt）有"冰川之城"的美称，位于阿尔卑斯山的群峰之中，是世界著名的无汽车污染的山间旅游胜地。最独特的是这个城中没有汽车只有电瓶车。
②和李白：唐·李白《山中问答》诗："问余何意栖碧山，笑而不答心自闲。桃花流水窅然去，别有天地非人间。"
③飞鸢：飞翔的鸢。《后汉书·马援传》："仰视飞鸢砧砧堕水中。"
④踟躅：徘徊不进貌。《乐府诗集·杂曲歌辞十三·焦仲卿妻》："踟躅青骢马，流苏金镂鞍。"
⑤将安往：将往哪里去。

浅解：

此诗描述了前往"冰川之城"Zermatt 道中的景象：层峦叠嶂，众鸟纷飞，游人熙攘，残雪封山。
**简译**：层峦叠嶂莽莽群山，飞鸢去雁毫不知闲地往返其间。游人徘徊此处将栖息于何处？只在这高低的残雪山道之中。

驱车忽过万重山①，心共孤云②来去闲。
耀眼冰川皆净土③，置身太古④异人间。

注释：

①唐·李白《早发白帝城》诗："轻舟已过万重山。"
②孤云：单独飘浮的云片。唐·李白《独坐敬亭山》诗："众鸟高飞尽，孤

云独去闲。"

③净土：佛教语。佛所居住的无尘世污染的清净世界。一名佛土。多指西方阿弥陀佛净土。南朝·宋·谢灵运《净土咏》："净土一何妙，来者皆菁英。"

④太古：远古，上古。《荀子·正论》："太古薄葬，故不扣也。"

浅解：

此诗进一步描写了"冰川之城"的所见所感，饶公身处于如此洁净之地，如梦如幻的美景让他顿时宛若步入太古之境，闲静淡雅的情怀溢满于心。

**简译**：驱车匆匆越过万重山峦，心伴随天边的孤云变得悠闲。洁白耀眼的冰川皆是一片清净的世界，宛若置身于世外桃源的太古之地。

# 夕归呈戴老①

回风袖里犹飘雪，落日峰头似鎏金②。
行客不如归犬逸，野花偏待美人③寻。

注释：

①戴老：戴密微：(Paul Demiéville，1894—1979)，法国著名汉学家，敦煌学重要学者，法兰西学院院士。
②鎏金：镀上金银等金属的物品。
③美人：品德美好的人。《诗·邶风·简兮》："云谁之思，西方美人。"郑玄笺："思周室之贤者。"

浅解：

此诗为饶公傍晚归回的写景之作，描绘了山中飞雪落日的祥和之景：夕阳映雪，游客匆匆赶路，山中野花开，时刻待人来，预示着寒冬将尽，阳春不远。

**简译**：飘雪随风飞入衣袖之中，落日似金镀遍远近的峰头。游客不如归家之犬显得安逸，野花偏偏多情地在此等候着美人的垂爱。


流水潺潺①送远音，虚云拥树改余阴②。
追随一老③同康乐④，无闷能征算在今⑤。

注释：

①潺潺：流水声。唐·孟郊《吊卢殷》诗："百泉空相吊，日久哀潺潺。"
②虚云拥树：唐·杜甫《返照》诗："归云拥树失山村。"余阴：大的树阴或被其他物体遮住阳光所成的阴影。
③一老：此指戴密微先生。

④康乐：指南朝·宋文学家谢灵运。《宋书·谢灵运传》："（灵运）袭封康乐公，性豪奢，车服鲜丽，衣裳器物，多改旧制，世共宗之，咸称谢康乐也。"
⑤南朝·宋·谢灵运《登池上楼》诗："持操岂独古，无闷征在今。"无闷：没有烦闷。《易·乾》："遁世无闷。"

浅解：

饶公借此诗抒发了自己当时当地的所见所感，伴随着身边的高山流水、云淡天高美景，饶公愿与戴老一同步入那无忧无虑的清绝之境。

**简译**：水声潺潺送来远音，淡云拥树余阴随之移改。跟随戴老就像对着谢灵运一样，再一起去体验谢灵运诗中那种"无闷征在今"的意境。

# Gornergrat①峰顶

雪壑冰崖②起异军③，山山雾雪了难分。
龙沙④便有千堆白，未比兹山一段云⑤。

注释：

①Gornergrat：戈尔内格拉特是天下名峰马特洪峰地区的标志性景点，马特洪峰是阿尔卑斯山脉中最为人所知的山峰。其位置在瑞士与意大利之间的边境，接近瑞士小镇采尔马特（Zermatt）和意大利小镇Breuil－Cervinia。从戈尔内格拉特瞭望台可以欣赏到著名的马特洪峰和罗萨峰等38座海拔在4000米以上的山峰以及阿尔卑斯山区第二大冰河——戈尔内冰河。
②雪壑冰崖：马特洪峰地区皑皑白雪覆盖山峰使得长年积雪的山体折射出金属般的光芒。
③异军：比喻另一种力量或派别卓然兴起。《史记·项羽本纪》："异军苍头特起。"
④龙沙：即白龙堆。《后汉书·班超传赞》："定远慷慨，专功西遐。坦步葱、雪，咫尺龙沙。"李贤注："葱岭、雪山，白龙堆沙漠也。"李白《塞下曲》："将军分虎竹，战士卧龙沙。"
⑤唐·李群玉《同郑相并歌姬小饮戏赠》诗："裙拖六幅湘江水，鬓耸巫山一段云。"

浅解：

饶公于Gornergrat峰顶远眺群山，简洁的外形和闪亮的冰雪，眼前的圣洁之地，就是所有美的代名词，"龙沙便有千堆白，未比兹山一段云"。饶公这掷地有声的赞叹，让马特洪峰地区的景物瞬间直入人心，带给人前所未有的震撼感和无限遐想。

**简译**：Gornergrat峰于壑冰崖中异军突起，群山远眺都是一片雪白，很难分清是雾还是雪。即使是以千堆白沙著称的龙沙，其雪白的美丽程度，也不能与此山中的一片小云相媲美。

苍山负雪烛天门①，叠嶂晴时带雨痕。
绝壁翻空入无地②，遥遥又见两三村。

**注释：**

① 烛天门：形容白雪之明亮，光烛天门。天门，天宫之门。《楚辞·九歌·大司命》："广开兮天门，纷吾乘兮玄云。"
② 无地：犹言看不见地面。形容位置高渺或范围广袤。《楚辞·远游》："下峥嵘而无地兮，上寥廓而无天。视儵忽而无见兮，听惝恍而无闻。"

**浅解：**

　　登峰顶而远眺四方，白雪似烛天门，天地开放式地展现在眼前，雨痕叠嶂，翻空绝壁，村落点缀，在饶公的笔下，大自然最美的景色似乎皆被涵盖在马特洪峰地区的名山之中。

　　**简译**：白雪遮盖的山峰耀照天宫之门，叠嶂即使在晴日也还带着雨痕下临无地。险峰绝壁奇伟而立于广袤的天地，远处的两三座村落巧妙地点缀在重山之中。

# 自 Riffelalp① 舍车步入林丘

平林②突兀出雕墙③，雪外千峰护夕阳。
携杖远来忘欲返，松花④犹带古时香。

注释：

①Riffelalp：马特洪峰地区的小城利菲阿尔卑，海拔 1952 米，有著名的利菲阿尔卑火车站。
②平林：平原上的林木。《诗·小雅·车辖》："依彼平林，有集维鷮。"李白《菩萨蛮》词："平林漠漠烟如织。"
③雕墙：饰以浮雕、彩绘的墙壁；华美的墙壁。《书·五子之歌》："甘酒嗜音，峻宇雕墙。"此借指城市。
④松花：松树的花。唐·李白《酬殷明佐见赠五云裘歌》："轻如松花落衣巾，浓似锦苔含碧滋。"

浅解：

饶公于利菲阿尔卑徒步前行，夕阳下，这林丘拥立、花气袭人的雪峰之景令他忘记了旅途的劳累，心情欢愉而流连忘返。

**简译**：突兀的林丘立于繁荣的城市之旁，白雪之外千峰簇拥着夕阳。携杖长途攀行而流连忘返，远近的松花依旧香溢四方。

斜晖①云际闪孤光②，碧瓦③红楼④费点妆。
林外雪山山外影，最宜入画是苍茫。

注释：

①斜晖：指傍晚西斜的阳光。南朝·梁简文帝《序愁赋》："玩飞花之入户，看斜晖之度寮。"
②孤光：五代·孙光宪《浣溪沙》词："片帆烟际闪孤光。"

③碧瓦：青绿色的琉璃瓦。唐·杜甫《冬日洛城北谒玄元皇帝庙》诗："碧瓦初寒外，金茎一气旁。"
④红楼：红色的楼。泛指华美的楼房。唐·段成式《酉阳杂俎续集·寺塔记上》："长乐坊安国寺红楼，睿宗在藩时舞榭。"

**浅解：**

映日的碧瓦红楼，形影相映的雪山之景，无论古今，能够与画家契合、激发创作灵感的永远是那广阔无边的苍茫山水，在 Riffelalp 地区，饶公以最贴切的描绘反映了这里最直观的物象带给人们最深刻的印象。

**简译：**斜阳在云际中孤光闪动，为峻宇之雕墙重塑妆容。林外雪山形影交映，最宜入画是这无际的苍茫。

<br>

萦青缭白①万峰头，遏日飞柯②泻急流。
落叶满山人迹杳③，涧泉和雪洗清愁。

**注释：**

①萦青缭白：青山白水相互萦绕。宋·陆游《新筑山亭戏作》："天垂缭白萦青外，人在纷红骇绿中。"
②遏日飞柯：《南齐书》："树遏日以飞柯，岭回峰以蹴月。"
③唐·韦应物《寄全椒山中道士》："落叶满空山，何处寻行迹。"

**浅解：**

在如此纯净的雪山之中，人烟罕至之地，万物的空灵幽静能够洗涤人们心中的苦闷清愁。

**简译：**青山白水萦绕于万山之巅，遏日飞柯之密林中急流倾泻。满山落叶而杳无人迹，雪山之融泉洗濯心中的凄愁。

# 黑湖（Lac Noir）坐对 Cervin[①]

玉山堆里看冰山[②]，磐石[③]当空意自闲[④]。
悬渡[⑤]昆仑[⑥]难比拟，湖风吹我出林间。

注释：

[①]Cervin：马特洪峰（德语：Matterhorn，意大利语：Monte Cervino，法语：Mont Cervin）。

[②]玉山堆里看冰山：马特洪峰是一个有四个面的锥体，分别面向东南西北。每一个面都非常陡峭，因此只有少量的雪黏在表面，雪崩把过多的积雪推到峰下的冰川里。群山因常年积雪而远望如玉，而马特洪峰傲然屹立于如丘的群山之中。宋·黄庭坚《雨中登岳阳楼望君山》诗："可惜不当湖水面，银山堆里看青山。"

[③]磐石：厚而大的石头，也作盘石。《玉台新咏·孔雀东南飞》："君当作磐石，妾当作蒲苇。蒲苇纫如丝，磐石无转移。"

[④]自闲：悠闲自得。三国·魏·曹植《杂诗》之五："烈士多悲心，小人媮自闲。"唐·李白《山中问答》诗："问君何事栖碧山，笑而不答心自闲。"

[⑤]悬渡：我国古代的西南山区，隔水相望的两山之间，常常有许多猿猱愁渡的大峡谷。勤劳智慧的古代人民，织藤为索，飞架两山，然后从高处速滑而下，被称为"笮"，又名"悬渡"。此指攀越昆仑山的险状。

[⑥]昆仑：昆仑山。在新疆西藏之间，西接帕米尔高原，东延入青海境内。势极高峻，多雪峰、冰川。最高峰达7719米。

浅解：

　　此诗描写了饶公于黑湖岸边远望马特洪峰的所见所感，山峰傲然屹立于如玉的群山之中，宛若磐石般接连着天地，令被奉为天柱，相传天帝在地上的都城——昆仑山，也难以与之媲美，可见马特洪峰地区奇峻壮阔的景色在饶公心中地位之高。

　　**简译**：在如玉的群山之中领略千里冰封的马特洪峰，它正悠然自得稳若磐石地傲立云际。如此气势令须要悬渡才能攀登的昆仑山也相形见绌，清爽的湖风伴随我穿过幽静的山林。

鬼渡裳荷難比我湖風似我出林間

江國思湖舊作

癸巳選堂

玉山堆裏看氷壺 磐石當空意自閒

雪岭低昂①带数州，且从石栈②作勾留③。
黄花交面如相识，水黑山青天尽头。

注释：

① 低昂：起伏；升降。《楚辞·远游》："服偃蹇以低昂兮，骖连蜷以骄骜。"
② 石栈：在山间凿石架木作成的通道。唐·李白《蜀道难》诗："地崩山摧壮士死，然后天梯石栈相钩连。"
③ 勾留：稽留；耽搁。唐·白居易《春题湖上》诗："未能抛得杭州去，一半勾留是此湖。"

浅解：

饶公此诗进一步描绘了 Lac Noir 与 Cervin 周边的景色，漫步于雪岭小道，远眺旷野的山水，近享花草的芬芳，瞬间将天、地、人联系起来，一切人事均顺乎自然，从而达到"天人之际，合而为一"人与自然和谐相处的境地。

**简译**：连绵起伏的雪山横跨数州，姑且漫步在山岭间的狭小通道。绽放的黄花儿犹如相识的旧客迎接我们的到来，黑色的湖水翠绿的山交织直至天之尽头。

湖水清时不见鱼①，飞飞蛱蝶②欲连裾③。
山深草浅饶萧瑟④，相对一峰问起居⑤。

注释：

①《汉书·东方朔传》："水至清则无鱼，人至察则无徒。"
② 蛱蝶：蝴蝶。南朝·梁·何逊《石头答庾郎丹》诗："黄鹂隐叶飞，蛱蝶萦空戏。"
③ 连裾：犹连袂。《南齐书·王融传》："拂衣者连裾，抽锋者比镞。"
④ 萧瑟：凋零；冷落；凄凉。《楚辞·九辩》："悲哉！秋之为气也。萧瑟兮，

草木摇落而变衰。"
⑤问起居：问安；问好。唐·杜甫《奉送蜀州诗》："迁转五洲防御使，起居八座太夫人。"

浅解：

　　此诗表现了人对于自然（青山）的观念，"相对一峰问起居"，饶公与山的对话，即反映了人与自然（或与山中之神灵）的关系，道出天人可以合而为一，可以相提并论的道理，体现了饶公对于"天人合一"的宇宙观、人生观的感悟。

　　**简译**：湖水至清而不见游鱼，蝴蝶相守连袂比翼双飞，深山浅草突显此地萧寥，面对眼前的山峰寒暄问暖。


　　　　谁与铺绵①入紫微②，中天③雪共日争辉。
　　　　望云自切④思乡意，独向湖边绕一围。


注释：

① 铺绵：飘绵的丝絮，指绵软白雪遮盖的大地。
② 紫微：即紫微垣。星官名，三垣之一。紫微星又称北极星，也是小熊座的主星。北斗七星则围绕着它四季旋转。如果把天比作一个漏斗，那紫微星则是这个漏斗的顶尖。《晋书·天文志上》："紫宫垣十五星，其西蕃七，东蕃八，在北斗北。一曰紫微，大帝之座也，天子之常居也，主命主度也。"此指天空。
③ 中天：天空。唐·杜甫《后出塞》诗："中天悬明月，令严夜寂寥。"
④ 自切：内心迫切。

浅解：

　　旷野的开阔和空灵，与饶公孤独身躯形成强烈对比，置身于其中的他感到内心的孤寂，思乡之情应景暗生。

　　**简译**：谁将千里白雪如铺绵般与浩瀚的苍穹相连接，无垠的白雪与当空的明日争相辉映。仰望天际间的浮云令我满怀乡愁，独自一人环绕黑湖悠然行走。

# 车中望白牙山（Dent du Midi）[①]

浊浪[②]滔滔识所归，轮蹄[③]终日踏晴晖[④]。
开帘雪巘仍招手，为约重来叩翠微[⑤]。

注释：

①白牙山（Dent du Midi）：白牙峰海拔4357米，位于瑞士的群峰之中。攀登白牙峰充满挑战。山路从瑞士自豪的 SAC 木屋——白牙峰卡班开始。1862年，英国人 Thomas Stuart Kennedy，William Wigram 和登山向导一起首次登上了白牙峰。

②浊浪：浑浊的水浪，指水流湍急。宋·范仲淹《岳阳楼记》："阴风怒号，浊浪排空。"

③轮蹄：轮与马蹄。代指车马。唐·韩愈《南内朝贺归呈同官》诗："绿槐十二街，涣散驰轮蹄。"

④晴晖：晴日的光辉。唐·郎士元《送元洗还丹阳别业》诗："草堂连古诗，江日动晴晖。"

⑤翠微：指青翠掩映的山腰幽深处。《尔雅·释山》："未及上，翠微。"郭璞注："近上旁陂。"郝懿行义疏："翠微者……盖未及山顶屏颜之间，葱郁蓝蓝，望之硲硲青翠，气如微也。"唐·李白《赠秋浦柳少府》诗："摇笔望白云，开帘当翠微。"

浅解：

此诗描写了饶公驱车惜别白牙山的感受，沐浴着晴晖驰骋雪山，耳闻山中活水飞流，眼见雪岳"招手"挽留，山水有意，诗人有情，道出饶公对此地依依惜别，恋恋不舍之情。

**简译**：河水浊浪滚滚终识归途，车马沐浴晴晖终日奔腾。窗外雪山招手相迎，只为约定下一次的相聚。

# Lausanne①泳池

人同洲渚②各横陈③,湖水湖烟更媚人。
小坐风生④吟思⑤足,落花依草自成茵。

注释:

①Lausanne:洛桑,瑞士西南部城市,是瑞士沃州(Vaud)的首府,为瑞士第二大讲法语的城市。
②洲渚:水中小块陆地。晋·左思《吴都赋》:"岛屿绵邈,洲渚冯隆。"
③横陈:横卧,横躺。语本战国·楚·宋玉《讽赋》:"内怵惕兮徂玉床,横自陈兮君之旁。"此指泳池里人们浮游于水中。
④风生:起风,亦指现场气氛融洽。唐·李白《安州般若寺水阁纳凉喜遇薛员外乂》诗:"水退池上热,风生松下凉。"
⑤思:此处读仄声,sì。

浅解:

此诗描述了Lausanne泳池周边的景象,在这美丽动人、山红草绿的山湖之中,"人同洲渚各横陈",人与自然如此的和谐,安静祥和之境令人倍感亲切、温情。

**简译**:人与洲渚于水中各自横陈,湖水笼烟更加优美动人。稍坐片刻凉风吹起诗情勃发,落花偎依着绿草自然成茵。

# Bellerive①公园

风吹蒲稗②更相依,岸柳深情那忍违。
垂缕③和烟千百匝,溪山只恐放人归。

注释:

①Bellerive:科隆日－贝勒里夫(法语:Collonge－Bellerive)是瑞士日内瓦州的一个镇,位于日内瓦市区东北方,莱芒湖左岸。
②蒲稗:蒲草与稗草。《文选·谢灵运〈石壁精舍还湖中〉诗》:"芰荷迭映蔚,蒲稗相因依。"刘良注:"芰荷蒲稗皆水草迭递也。"
③垂缕:如丝缕垂下。南唐·徐铉《王三十七自京垂访,作此送之》诗:"烟生柳岸将垂缕。"

浅解:

Bellerive公园的景物处处饱含深情,本是佳境令游人流连忘返,而饶公此诗却以"溪山"的口吻表达出来,人们不愿归回的原因,是"溪山"这位热情的主人,创造这般美丽天地挽留过往的旅人,角度独特,感情深刻。

**简译**:风中摇曳的蒲稗之草更加紧挨对方,暗送秋波的岸边细柳令人盛情难违。垂缕柳荫簇拥着烟霭弥漫千环百匝,水秀山清处处挽留着到来的旅人只恐放人归去。

马牙皴法①耸奇峰,墨泽涵波②润古松。
欲向山灵③留粉本④,月明来此听楼钟。

注释:

①马牙皴法:皴法,中国画技法名。是表现山石、峰峦和树身表皮的脉络纹理的画法。马牙皴法是山水画里面画山的画法,能显示出山凹凸不平的样子,适合画在前面。

②墨泽涵波：墨法彰显出来湖水的脉络纹理。

③山灵：山神。《文选·班固〈东都赋〉》："山灵护野，属御方神。"李善注："山灵，山神也。"

④粉本：画稿。古人作画，先施粉上样，然后依样落笔，故称画稿为粉本。宋·苏轼《阎立本职贡图》诗："粉本遗墨开明窗。"

浅解：

此诗借中国山水画作画技法来表现 Bellerive 公园如画般的幽境，使诗歌营造出十足的画面感，使读者获得如临其境、如闻其声、感同身受的感知效果。

简译：马牙皴法画出险奇的山峰，水墨淋漓画成苍润的古松。欲向山灵留此画稿，相约月明之夜来此聆听山中幽鸣的钟声。

# Grands Bois（大林）

出门喜有好风俱，绿树成荫即吾庐①。
一事令人长系念②，绣球花③下食湖鱼。

注释：

①吾庐：我的屋舍。晋·陶潜《读山海经》诗之一："众鸟欣有托，吾亦爱吾庐。"
②系念：挂念。宋·郭象《睽车续志》卷六："自得袍之后，不衣而出，则心系念。"
③绣球花：花名。一名"粉团"、"八仙花"。落叶灌木，叶青色。夏季开花，成五瓣，簇聚呈球形，色白或淡红，甚美丽，为著名观赏植物。见《广群芳谱·花谱十七·雪球》。

浅解：

　　此诗表达了饶公的一种心境，人们在日常生活中总是被心事所困扰而无法释怀，当年苏轼在诗中感悟"此心安处是吾乡"，饶公亦有感而发，认为"绿树成荫即吾庐"，劝告心事重重的人们放开束缚，悠闲地享受眼前的美好。

　　**简译**：出门很高兴有清爽凉风携行，绿树成荫即是我的栖身之处。更有一件事令人长久地挂念，那就是在绣球花下品食鲜美的湖鱼。

# 别 Lémen 湖

葡萄①一望竟成林,沙长岸边嫩草侵。
隐隐南牙②天半现,暖风日影荡湖心。

注释:

①葡萄:莱芒湖山北广布牧场和葡萄园。
②南牙:莱芒湖的南边是白雪皑皑风光秀丽的山峦,湖身似弓形,湖水清澈湛蓝而山景隐于湖中。

浅解:

  此诗语言朴素而轻快,展现了莱芒湖滨地域的秀丽风光,清澈湛蓝的湖面景象,温和舒适的气候以及奇特的湖震现象。
  **简译**:葡萄树密布成林一望无垠,细长的湖岸嫩草侵堤。南边山景半边之天若隐若现,暖风吹送日影轻荡于湖心。

# Mont Tendre（柔山）①山上六首

长林无际蔽高岑②，危径③纡回亦费寻。
俯视白山犹咫尺，濛濛西日见天心④。

注释：

①Mont Tendre：柔山，瑞士的蒙特利士（Montricher）附近的泰德拉峰。
②高岑：高山。《文选·王粲〈登楼赋〉》："平原远而极目兮，蔽荆山之高岑。"李善注："山小而高曰岑。"
③危径：险峻的山路。唐·王维《至黄牛岭见黄花川》诗："危径几万转，数里将三休。"
④天心：天空中央。唐·李白《临江王节士歌》："白日当天心，照之可以事明主。"

浅解：

饶诗描绘山峦，往往给人予直观的感官享受，并表现出空灵、静寂的境界。此诗亦然，诗中前两句简洁地描绘了柔山长林密布、山势险阻的独特体貌，后两句以"咫尺白山"、"见天心"来烘托饶公对眼前山水自然美的喜爱、沉醉、赞赏之情，达到了诗情、画意以及人心完全复合的空灵境界。

**简译**：无边的林际遮蔽高耸的山峦，险峻曲折的路径令人难以寻觅。俯视远处的白山宛若近在咫尺，溟濛的天心夕阳隐现。

每从疏处透阳光，密树①攒攒②累万行。
小犬依人还自得，山花笑我为谁忙。

注释：

①密树：枝叶茂密的树；浓密的树林。南朝·梁简文帝《祠伍员庙》诗："密树临寒水，疏扉望远城。"

② 攒攒：丛聚貌，丛集貌。南朝·宋·鲍照《绍古辞》之四："攒攒劲秋木，昭昭净冬晖。"

浅解：

饶公此诗营造出一种轻松愉快的美好气氛，诗中由自然风光转而描绘田园风物，诗中毫无雕饰的"田家语"，平直质朴，却自然流畅，"小犬依人"，"山花窃笑"，雅趣十足。

**简译**：阳光每从树叶的隙缝透出，密树于重峦之中累叠万行。依人的小狗悠然自得，山花笑我空自忙碌。

<blockquote>
过岗地势忽焉①殊，老木千年自不枯。<br>
蔓草满山风下偃②，铃声叱犊③上长途。
</blockquote>

注释：

① 忽焉：快速貌。《左传·庄公十一年》："禹汤罪己，其兴也悖焉；桀纣罪人，其亡也忽焉。"
② 偃：倒伏。《书·金縢》："天大雷电以风，禾尽偃。"
③ 叱犊：大声驱牛；牧牛。宋·陆游《访村老》诗："大儿叱犊戴星出，稚子捕鱼乘月归。"

浅解：

此诗描绘山路沿途的风光景色，山势奇峻，老树青苍，风偃蔓草，驱牛赶路，这既是对眼前风景的诗意描绘，也表现了羁旅已久的诗人对悠闲恬静的田园生活的向往。

**简译**：翻山越岗地势忽变，千年老树经久不枯。微风低拂满山的蔓草，驱赶牛群踏上漫长的路途。

<blockquote>
岚①如八大②醉中稿，人似半千③笔下僧。<br>
乱石问谁曾斧劈，故乡时见此丘陵。
</blockquote>

注释：

①岚：山间的雾气。
②八大：朱耷（约1626—约1705），明末清初画家，明朝宗室。号八大山人，又号雪个、个山、人屋、驴屋等，入清后改名道朗，字良月，号破云樵者，南昌（今属江西）人。
③半千：龚半千（1620—1690），名贤，字半千，又字野遗，号柴丈人，江苏昆山县人。龚半千、樊圻、高岑、邹喆、叶欣、胡造、吴宏、谢逊，当时被一般人号称为"金陵八家"。龚半千晚年自画扫叶僧像，题名其所居为"扫叶楼"。

浅解：

饶诗善用画作来表现山景，八大之"岚"，半千的"僧"，如此有代表性的作品，使大自然有意无意的精心构造，立刻呈现于读者面前。三四句笔锋一转，思乡之意忽起，漂泊生涯引起的无限愁思令人伤怀。

**简译**：山雾宛如八大山人醉中之画稿，游人酷似龚半千笔下的扫叶僧。试问这险峻的乱石是谁斧劈而成，我那遥远的故乡也常见到如此的山丘。

绝顶编篱石作栏，诸峰回首正漫漫①。
我来不敢小天下②，山外君看更有山。

注释：

①漫漫：广远无际貌。《管子·四时》："五漫漫，六惛惛，孰知之哉！"尹知章注："漫漫，旷远貌。"
②小天下：《孟子·尽心上》："孔子登东山而小鲁，登泰山而小天下。"

浅解：

登临柔山绝顶，"编篱"筑"石栏"，表现出饶公追求天人合一、物我和谐相处的心境。孔子"登泰山而小天下"，泰山之高，可以将天地一览无余，实指人眼界要不断寻求突破，超越自我，达到超然物外的境地来对待世间纷扰。饶公此处化用"小天下"之典，在此基础上表达出另一种境界，人在超越自我的同时还要讲求定位正确，使自身能够安时处顺，顺应自然。

**简译**：于绝顶编织篱笆以石头作为栏杆，回首遥望诸峰绵延不绝广袤无垠。我到此处不敢妄想一小天下，正所谓天外有天而山外有山。

山椒①峻处可题襟②，自是入山恐不深。
为谢知音岩下叟③，西来只欠一囊琴④。

注释：

① 山椒：《文选·谢庄〈月赋〉》："洞庭始波，木叶微脱；菊散芳于山椒，雁流哀于江濑。"李善注："山椒，山顶也。"
② 题襟：抒写胸怀。唐·温庭筠、段成式、余知古常题诗唱和，有《汉上题襟集》十卷。见《新唐书·艺文志四》、宋·计有功《唐诗纪事·段成式》。后遂以"题襟"谓诗文唱和抒怀。
③ 知音岩下叟：伯牙和子期于泰山岩下避雨鼓琴而结为知己的典故。为谢知音，钟子期去世后，俞伯牙觉得世界上再也没有比钟子期更了解自己的知音了。于是，他把自己最心爱的琴弦弄断，把琴摔碎，终生不再弹琴。
④ 一囊琴：即一张琴。囊为装琴之袋。

浅解：

世间知音难觅，情义难抒，于此清新隐遁之山林（"自是入山恐不深"），令饶公难掩情思，却无处抒怀（"西来只欠一囊琴"），体现饶公寄情山水，对避世绝俗、颐养天性之追求。饶公黑湖之游，有戴密微先生作陪，此诗为感谢戴公而作。

**简译**：山巅险峻之处正可赋诗抒怀，我本入山唯恐不够深入。亦想如伯牙般答谢知音岩下叟子期，只是此次西来忘了带上一囊瑶琴，无法为君弹奏。

絕頂編籬石作欄 清峰回處更漫漫 我來不敢下山去 怕看更有山

丙戌年彩山上望東來山作
丙戌 選堂鈐印

淅柳垂隄絲絲 望秦山一路蒼茫 信帆去
穩西風裏行見 湖陰此刻溫

黑石絕句之
丙戌 選堂

悠悠乎與灝氣俱而莫得其涯，洋洋乎與造物者游而不知其所窮。

湖水清時不見魚，尾尾攛躍郎裾山深草淺餞簫鼓相聞一葦問誰者

# 南海唱和集

武进赵翁叔雍南游实叻，执教上庠。海气昏昏，午枕成癖，尝以和东坡海南赠息轩道士韵见示，余迭和之。翁奋其神勇，前后叠韵至五十二，具载高梧轩诗集（卷十二），余亦赓和至四十七叠。同时侪辈如李弥厂、曾履川累有和章，动盈筐袠，缟纻投报，极一时之盛。诗中有一字不符原韵，所不计也。李、曾诸家诗先后印行，余所作亦布诸港大中文学会会刊。今诸公均下世，襄日耆旧，十年之外，凋落殆尽。叔雍墓有宿草，七三年秋杪，余离星洲前夕，与冯列山驱车临其茔，行揪列列，停驾思哀。兹者重理陈篇，低徊往事，念逝没之相寻，盖不胜邻笛之戚云。

丙辰秋选堂识

## 寄赵叔雍①星洲叠其壁字韵

楼居可摘星②，穷海③昏送日。
遥想赵邠翁④，勤养每拔十⑤。
平生好人伦⑥，务使脱颖出⑦。
雕锼⑧草木余，述作比兴⑨隙。
落南⑩顿多文，吟思不异昔。
莫待江山助⑪，群彦⑫已侧席⑬。
但恨川原纡⑭，无由⑮就东壁。

（蜀志庞统传："性好人伦，勤于长养。今欲兴风俗，长道业，拔十失五，犹得其半，而可以崇迈世教，使有志者自励。"）

注释：

①赵叔雍：（1898—1965）名尊岳，斋名珍重阁，江苏武进人。对词学有很深的造诣，撰写了许多词学方面的研究文章。
②唐·李白《夜宿山寺》："危楼高白尺，手可摘星辰。"
③穷海：僻远的海边，亦指大海。南朝·宋·谢灵运《登池上楼》诗："徇禄反穷海，卧疴对空林。"
④赵邠翁：指赵叔雍。
⑤拔十失五：指选拔人才而失其半数。
⑥人伦：谓品评或选拔人才。《后汉书·郭太传》："林宗虽善人伦，而不为危言覈论，故宦官擅政而不能伤也。"
⑦脱颖出：比喻本领全部显露出来。《史记·平原君虞卿列传》："使遂早得处囊中，乃脱颖而出，非特其末见而已。"
⑧雕锼：雕刻，刻镂。引申指雕琢文字。《文选·左思〈魏都赋〉》："匪朴匪斲，去泰去甚，木无雕锼，土无绨锦。"张铣注："锼，镂也。"
⑨比兴：《诗》六义中"比"和"兴"的并称。比，以彼物比此物；兴，先言他物，以引起所咏之辞。"比兴"为中国古典诗歌创作传统的两种表现手法。
⑩落南：流落南方。

⑪江山助：得江山助，得到江河山川的帮助才能写出好的诗文。比喻好的诗文是不能脱离现实的。《新唐书·张说传》："张善于写文章，尤长于碑志，既谪官岳州，诗多凄婉，较前为进，人谓'得江山助'。"

⑫群彦：众英才。汉·蔡邕《答元式》诗："济济群彦，如云如龙。"

⑬侧席：不正坐，指谦恭以待贤者。《后汉书·章帝纪》："朕思迟直士，侧席异闻。"李贤注："侧席，谓不正坐，所以待贤良也。"

⑭纡：弯曲，绕弯。

⑮无由：没有门径；没有办法。《仪礼·士相见礼》："某也愿见，无由达。"郑玄注："无由达，言久无因缘以自达也。"

浅解：

饶公与赵翁和东坡《司命宫杨道士息轩》韵至四十七叠，此为其一，诗歌起句借物起兴，后以庞统之典，群彦侧席之举，与赵翁对话。侧面描绘了赵翁才华横溢，提携后辈的姿态，表达了饶公对赵翁才学、文章以及为人的赞赏和敬佩之情。

**简译**：居高楼犹可摘星，于海边目送昏日。遥想当年赵邠翁，勤于长养善于选才。平生赏识才学之人，极力让其脱颖而出。雕琢文句草木余香，吟诗赋词比兴寄情。羁留南地文思泉涌，诗情与昔日不异。莫需等得江山神助，群贤早已侧席恭听。但恨川原迂曲道路难通，无奈不能到您的雅舍拜访。

两岁抵千秋，何以乐一日。
鄙吝①久蘩胸②，得一竟忘十③。
泰山遍行雨，肤寸④触石⑤出。
教化⑥之所被，还看及纤隙⑦。
坡公⑧在儋耳⑨，即今⑩岂异昔。
刻烛⑪知何时，暌隔⑫念朋席。
聊托市人书，付彼酒家壁⑬。

注释：

①鄙吝：形容心胸狭窄。唐·高适《苦雨寄房四昆季》诗："携手流风在，

开襟鄙吝祛。"
②藜胸：聚集于胸。
③得一忘十：得到某种东西而忘记他物。
④肤寸：借指下雨前逐渐集合的云气。唐·王昌龄《悲哉行》："长云数千里，倏忽还肤寸。"
⑤触石：《公羊传·僖公三十一年》："触石而出，肤寸而合，不崇朝而徧雨乎天下者，唯泰山尔。"后以"触石"谓山中云气与峰峦相碰击，吐出云来。
⑥教化：政教风化。《诗·周南·关雎序》："美教化，移风俗。"
⑦纤隙：细微的嫌隙。《新唐书·阿史那忠传》："宿卫四十八年，无纤隙，人比之金日磾。"
⑧坡公：对宋·苏轼的敬称。苏轼号东坡居士。
⑨儋耳：古代南方国名。汉元鼎六年内属，称儋耳郡，在今海南岛儋县。此代指海南。绍圣四年（1097），苏东坡被谪居海南昌化军（今儋州）。
⑩即今：今天；现在。唐·高适《送桂阳孝廉》诗："即今江海一归客，他日云霄万里人。"
⑪刻烛：古人刻度数于烛，烧以计时。南朝·梁·庾肩吾《奉和春夜应令》："烧香知夜漏，刻烛验更筹。"
⑫睽隔：别离；分隔。宋·王安石《谢徐秘校启》："比因幸会，得奉光仪，甫荷眷春之深，遂伤睽隔之远。"
⑬宋·叶梦得《石林诗话》说郑谷的诗："格力适堪揭酒家壁，为市人书扇耳。"饶公此二句暗用此典，谦称自己的诗亦如郑谷般格力不高，只堪为市人书扇，为酒家题壁。

**浅解：**

当年东坡翁谪居海南儋州，究竟有什么因之而改的呢？时光易逝，而环境教化难为。"两岁抵千秋"而"鄙吝久藜胸"。生命之脆弱、渺小令人伤感，惆怅之情便油然而生。

**简译：**两年宛如千秋，难得好生乐足一日。鄙吝郁积之气久矣汇聚于胸，竟达到得一忘十的地步。泰山遍处烟雨弥漫，云雾触石而生于天地。教化影响之深，还得从细微的嫌隙中看出。当年东坡翁谪居海南儋州，如今又何事相异呢？刻度数于烛以计时辰，思念千里相隔之好友。我的诗只堪为市人书扇，为酒家题壁。

# 附：赵叔雍原作

### 赵叔雍

夜睡初不迟，昼寝犹半日。
恶癖不能戒，忽忽逾六十。
偶然破晓起，坐看晨曦出。
金鸡搏玉兔，信似驹过隙。
心澄万念杳，醋痴了今昔。
图南诚异人，安敢与夺席。
且试学达摩，穷年面山壁。

## 答赵叔雍　三叠壁字韵

省书姑愈愚①，遭人鲜宁日②。
亦复同欧九③，往往废百十④。
欲澄虚妄心⑤，略待清明⑥出。
虫鱼⑦竟何事，徒尔⑧耗驹隙⑨。
平生江海人⑩，无忧思在昔。
敢学鲁中叟⑪，造次⑫不暖席⑬。
还当师达摩⑭，诗龛⑮试面壁⑯。

注释：

①省书：即味书。愈愚：改变愚昧的秉性。
②遭人鲜宁日：《世说新语》："遭人而问，少有宁日。"清代阎若璩曾经集名言"一物不知，以为深耻；遭人而问，少有宁日"题于柱上，以此来鞭策自己发愤学习。
③欧九：欧阳修排行第九。
④废百十：宋·欧阳修《别后奉寄圣俞二十五兄》诗："别离才几时，旧学废百十。"
⑤虚妄心：佛教认为万法尽空，一切诸法本无所生，而是由颠倒邪迷、虚妄分别的心，去造作、召集而生起的。
⑥清明：清澈明朗。
⑦虫鱼：孔子认为读《诗》可以多识草木鸟兽虫鱼之名，后遂称训诂考据之学为虫鱼。
⑧徒尔：徒然，枉然。南朝·梁·任昉《述异记》卷四："石犬不可吠，铜驼徒尔为。"
⑨驹隙：为"白驹过隙"之省。比喻光阴迅速。
⑩江海人：指浪迹四方，放情江海之人。南朝·宋·谢灵运《自叙》诗："本自江海人，忠义感君子。"
⑪鲁中叟：指孔子。晋·陶潜《饮酒》诗之二十："汲汲鲁中叟，弥缝使其

淳。"
⑫造次：仓猝；匆忙。《论语·里仁》："君子无终食之间违仁，造次必于是，颠沛必于是。"
⑬暖席：久坐而留有体温的坐席。指安坐闲居。《淮南子·修务训》："孔子无黔突，墨子无暖席。"明·刘基《拙逸解》："是故仲尼多能，坐不煖席；墨却云梯，走不黔突。"
⑭达摩：亦作"达么"、"达磨"。菩提达摩的省称，天竺高僧，本名菩提多罗。为中华禅宗初祖。
⑮诗龛：存放诗画的小阁。
⑯面壁：菩提达摩于南朝梁普通元年入中国，梁武帝迎至建康。后渡江往北魏，止嵩山少林寺，面壁九年而化。

浅解：

　　此诗蕴含哲理，阐明时光易逝，读书明志的道理。鼓励人们要珍惜光阴，明心励志。既能够如同孔子般为自己之理想而奔走千里，又能够像达摩祖师了悟明心而安时处顺。

　　**简译**：味书使愚昧的秉性改变，发问解惑少有停滞之日。或者如同欧阳修一般，旧学往往荒废百十。欲使虚妄之心澄明，以待达到清澈明朗之境。训诂考据的虫鱼之学竟为何事，终日无为虚度光阴而已。平生浪迹四方放情江海，坦荡无忧地思念往事。斗胆模仿孔圣人，造次之间不违仁而坐不暖席。或者师法达摩祖师，于诗龛中面壁静坐。

## 又一首　四叠前韵

绝学倘无忧①，遑论②刚柔日③。
佳诗真棒喝④，闻一已获十⑤。
譬彼弄鸣琴⑥，挑我神思⑦出。
语笑桄榔⑧下，翱翔舞咏⑨隙。
甚欲逐南航⑩，文宴⑪践畴昔⑫。
竿拂珊瑚树⑬，月挂沧海席⑭。
玄珠⑮伫远投，看坠云间壁。

注释：

①绝学倘无忧：弃绝学业。《老子》："绝学无忧。"
②遑论：不必论及；谈不上。
③刚柔日：刚日，犹单日。古以"十干"记日。甲、丙、戊、庚、壬五日居奇位，属阳刚，故称。柔日，也称偶日，凡天干值乙、丁、己、辛、癸的日子称柔日。《礼记·曲礼上》："外事以刚日，内事以柔日。"孔颖达疏："外事，郊外之事也。刚，奇日也，十日有五奇五偶。甲、丙、戊、庚、壬五奇为刚也。外事刚义故用刚日也。"清·钱大昕："有酒学仙，无酒学佛；刚日读经，柔日读史。"
④棒喝：佛教禅宗用语。禅师接待初机学人，对其所问，不用言语答复，或以棒打，或以口喝，以验知其根机的利钝，称为棒喝。宋·王安石《答张奉议》诗："思量何物堪酬对，棒喝如今揔不亲。"
⑤闻一已获十：闻一知十，听到一件事，可以推知十件事。多用以形容聪明而善于类推。《论语·公冶长》："赐也何敢望回？回也闻一以知十，赐也闻一以知二。"
⑥鸣琴：琴，此指琴声。晋·陆机《拟东城一何高》诗："闲夜抚鸣琴，惠音清且悲。"
⑦神思：思维；想象。三国·吴·韦昭《从历数》诗："建号创皇基，聪睿协神思。"

⑧桄榔：亦作"桄根"。木名。俗称砂糖椰子、糖树。常绿乔木，羽状复叶，小叶狭而长，肉穗花序的汁可制糖，茎中的髓可制淀粉，叶柄基部的棕毛可编绳或制刷子。

⑨舞咏：《论语·先进》载曾皙之志为"莫春者，春服既成，冠者五六人，童子六七人，浴乎沂，风乎舞雩，咏而归。"孔子大为赞叹："夫子喟然叹曰：'吾与点也'！"

⑩甚欲逐南航：迫切想要回归南方，思乡心切。唐·孟郊《秋怀》："讵忍逐南帆，江山践往昔。"

⑪文宴：亦作"文燕"。赋诗论文的宴会。清·曹寅《广陵载酒歌》："从来淮海盛文燕，近时翰墨崇贤科。"

⑫畴昔：往日，以前。《礼记·檀弓上》："予畴昔之夜，梦坐奠于两楹之间。"

⑬珊瑚树：即珊瑚。因其形似树，故称。唐·杜甫《送孔巢父谢病归游江东，兼呈李白》诗："诗卷长流天地间，钓竿欲拂珊瑚树。"

⑭月挂沧海席：月夜挂帆乘舟渡沧海。唐·李白《东鲁见狄博通》诗："谓言挂席度沧海，却来应是无长风。"

⑮玄珠：美好宝贵的事物。此指诗歌。宋·黄庭坚《和苏子瞻》诗："翰林贻我东南句，窗间默坐得玄珠。"任渊注："玄珠，以比东坡之诗。"

浅解：

　　此诗表达了饶公对诗歌的热爱以及对诗歌创作的追求，开篇借老子"绝学无忧"表达诗歌令人免于忧患的精神价值：诗歌通过形象典型地反映生活，诗歌通过意境表达思想感情，诗歌具有琴音般之音乐美，诗歌给人以美好的憧憬。美好的诗歌恰似"玄珠伫远投，看坠云间壁"，是真情所致，自然流露。

　　**简译**：与文化学问断绝倘能免于忧患，不必为刚日读经，柔日读史而纠结。唯有美好的诗歌真如高僧的棒喝，使人闻一而知十。宛若悠扬的琴声，撩动思绪扣人心弦。于桄榔树下欢声笑语，让心灵翱翔在曾皙般舞咏的境界之中。迫切想要启程南航，开设文宴追效从前。钓竿轻拂珊瑚树，月夜扬帆渡沧海。伫立远方投以玄珠，看其飞坠入云间。

## 题李弥庵①虞山诗卷　五叠前韵

山栖②久忘年③，海澨④消长日⑤。
支公⑥富神理，闻道早推十⑦。
林泉⑧惊知己，句挟风雷出。
向来得天全⑨，奋笔⑩同批隙⑪。
旧游恍如梦，历历换今昔。
只此骨肉情，契阔⑫怆衽席⑬。
剩抚乌丝栏⑭，悔曾攀绝壁。

注释：

①李弥庵：李家煌（1898—1963），字符晖，号弥庵，别号饮光。安徽合肥人。为清末民初著名人物李经羲之孙，亦即近代风云人物李鸿章之裔孙。幼承家学，经史古文辞及佛经、梵典，都精研有得。于诗所造尤深，前辈如马通伯、陈三立、吴昌硕诸老多加称美。有《佛日楼诗集》。

②山栖：谓居于山中。汉·扬雄《法言·重黎》："种蠡不强谏而山栖。"

③忘年：忘记年月。《庄子·齐物论》："忘年忘义，振于无竟。"成玄英疏："夫年者，生之所禀也，既同于生死，所以忘年也。"

④海澨：海滨。南朝·梁·江淹《杂体诗·效谢灵运〈游山〉》："且泛桂水潮，映月游海澨。"

⑤长日：漫长的白天。唐·张固《幽闲鼓吹》载李远诗："长日唯销一局棋。"

⑥支公：即晋高僧支遁。字道林，时人也称为"林公"。河内林虑人，一说陈留人。幼有神理，聪明秀澈。尝隐修支硎山，别称支硎，世称支公。精研《庄子》与《维摩经》，擅清谈。当时名流谢安、王羲之等均与为友。

⑦推十：东汉·许慎《说文解字》解"士"字曰："孔子曰：'推十合一为士'。"

⑧林泉：山林与泉石。《梁书·处士传·庾诜》："经史百家无不该综，纬候书射，棋箅机巧，并一时之绝。而性记夷简，特爱林泉。"

⑨天全：谓保全天性。宋·苏轼《李行中秀才醉眠亭》诗之一："已向闲中作地仙，更于酒里得天全。"

⑩奋笔：挥笔疾书，一气呵成。唐·韩愈《故中散大夫河南尹杜君墓志铭》："纂辞奋笔，涣若不思。"

⑪批隙：批隙导窾，比喻善于从关键处入手，顺利解决问题。

⑫契阔：久别的情愫。宋·梅尧臣《淮南遇楚才上人》诗："契阔十五年，尚谓卧严庵。"

⑬衽席：床褥与莞簟。引申为寝处之所。亦指友人相聚。清·王韬《变法自强下》："视万里有如咫尺，经沧波有同衽席。"

⑭乌丝栏：亦作"乌丝阑"。指上下以乌丝织成栏，其间用朱墨界行的绢素。后亦指有墨线格子的笺纸。宋·陆游《雪中怀成都》诗："乌丝阑展新诗就，油壁车迎小猎归。"

**浅解：**

诗歌中饶公与"林泉"以知己相许，表现其对山水自然的热爱以及亲近自然的渴望，诗中亦阐释了诗人对诗歌创作的观点："林泉惊知己，句挟风雷出。向来得天全，奋笔同批隙。"同时，全诗始终贯穿着诗人抚时感事的情思。

**简译**：居于山中久忘年月，驻留海滨消磨漫长白日。高僧支遁神理明俊，闻道早能推十合一。与山林泉石以知己相许，佳句挟风恃雷纵情而出。向来崇尚自然保全天性，奋笔纂辞有如批隙导窾得心应手。昔日交游恍如虚梦，却记忆犹新、历历在目。只此骨肉之情至深，久别思念感怆相聚艰难。如今徒然轻抚乌丝绢素，才后悔当年一意孤行。

## 黄尊生①濠镜②　六叠前韵

避地③欲餐霞④，门对沧海日⑤。
山川涤玄览⑥，谁云过六十。
置身上腴⑦间，世待斯人⑧出。
和羹调盐梅⑨，高咏⑩出讲隙⑪。
东海与西海⑫，心同自夙昔⑬。
此间盛朋簪⑭，颇复⑮虚前席⑯。
期子渡江来，抽琴候萝壁。

注释：

①黄尊生：(1894—1990)，广东番禺人，又名谓生、谓声。世界语学者，为中国世界语运动先驱。
②濠镜：濠或作"壕"、"蚝"。澳门的旧称。明朝全称壕镜澳。
③避地：犹言避世隐居。《后汉书·郅恽传》："〔郅恽〕后坐事左转芒长，又免归，避地教授，著书八篇。"李贤注："避地，谓隐遁也。"
④餐霞：餐食日霞。指修仙学道。语出《汉书·司马相如传下》："呼吸沆瀣兮餐朝霞。"颜师古注引应劭曰："《列仙传》陵阳子言春〔食〕朝霞，朝霞者，日始欲出赤黄气也。夏食沆瀣，沆瀣，北方夜半气也。并天地玄黄之气为六气。"
⑤唐·宋之问《灵隐寺》诗："楼观沧海日，门对浙江潮。"
⑥玄览：犹玄镜。指人的内心。《老子》："涤除玄览，能无疵乎！"高亨正诂："览鉴古通用。玄者形而上也，鉴者镜也。玄鉴者，内心之光明，为形而上之镜，能照察事物，故谓之玄鉴。"
⑦上腴：最肥沃的土地。《后汉书·班固传》："华实之毛，则九州之上腴焉。"
⑧斯人：此人。《论语·雍也》："斯人也，而有斯疾也。"此处指知音。
⑨盐梅：盐和梅子。盐味咸，梅味酸，均为调味所需。亦喻指国家所需的贤才。《书·说命下》："若作和羹，尔惟盐梅。"孔传："盐咸梅醋，羹须咸

醋以和之。"

⑩高咏：朗声吟咏。唐·李白《夜泊牛渚怀古》诗："余亦能高咏，斯人不可闻。"

⑪讲隙：讲授之余暇。《梁书·何胤传》："山侧营田二顷，讲隙从生徒游之。"

⑫东海与西海：泛指东边大海与西边大海。

⑬夙昔：泛指昔时，往日。汉·桓宽《盐铁论·箴石》："故言可述，行可则。此有司夙昔所愿覩也。"

⑭朋簪：指朋辈。语本《易·豫》："大有得，勿疑，朋盍簪。"孔颖达疏："盍，合也。簪，疾也。若有不疑于物以信待之，则众阴群朋合聚而疾来也。"

⑮颇复：意为"又非常"。

⑯虚前席：《史记·商君列传》："卫鞅复见孝公。公与语，不自知厀之前于席也。"后以"前席"谓欲更接近而移坐向前。《汉书·贾谊传》："文帝思贾谊，徵之。至，入见，上方受釐，坐宣室，上因感鬼神事而问鬼神之本。谊具道所以然之故。至夜半，文帝前席。"

浅解：

檀道鸾《续晋阳秋》记载了这样一个故事："镇西谢尚，时镇牛渚，乘秋佳风月，率尔与左右微服泛江。会虎（袁宏小字虎）在运租船中讽咏，声既清会，辞文藻拔，非尚所曾闻，遂往听之，乃遣问讯。答曰：'乃袁临汝郎诵诗。即其咏史之作也。'尚佳其率有兴致，即遣要迎，谈话申旦。自此名誉日茂。"谢尚从贫寒中识拔袁宏这样一个爱才的故事，深深地吸引着李白，他继而抒发"余亦能高咏，斯人不可闻"的感叹，自己虽有旷世才华，却没有人能够赏识。饶公借其典故于诗中反映知音难觅之感。但在饶公的心中，知音难觅，不代表知音不存在。人生匆匆，我们却不能成为匆匆的过客，无论多么艰难，自己一定要坚定信念，静候知音的出现。

**简译**：避世隐遁修仙学道，门外正对沧海之日。山川的清气涤洗内心使之如玄镜般清澈明净，谁云六十花甲匆匆过。置身于富饶之土地，举世都在等待斯人的出现。美味的汤肴皆需盐梅调味，于讲授之余暇朗声吟咏。无论我身在何方，我们从很久以前早就心心相印。此间（指香港）高朋满座，大家又非常礼敬贤人。期待您渡江前来相会，我在青萝壁下抽琴静候。

## 和叔雍林中见群夷　七叠前韵

知雨有阴谐，知晏有晖日①。
羌筰比中州，其地正相什②。
淮南赋招隐③，嗥阳山中出④。
屈子咏离忧⑤，葛藟⑥生石隙。
何处非魑魅⑦，今也曷异⑧昔。
平生试愯心，有胁不至席⑨。
思君不得闲⑩，采秀⑪登绝壁。


注释：

①知雨有阴谐，知晏有晖日：《淮南子·缪称训》："晖日知晏，阴谐知雨。"高诱注："晖日，鸩鸟也……阴谐，晖日雌也。"王念孙疏证："今案《御览》引《淮南子》逸文曰：'蜡知将雨'，又引高诱曰：'蜡，虫也。大如笔管，长三寸馀。'《广韵》：蜡，音皆，又音谐……阴谐即是蜡，举其本名，则谓之蜡，能知阴雨，则又谓之阴谐。"

②羌筰比中州，其地正相什：羌筰，羌人聚居之地。中州，指中原地区。《三国志·吴志·全琮传》："是时中州士人，避乱而南依琮者以百数。"汉·枚乘《上书重谏吴王》："今汉据全秦之地，兼六国之众，修戎狄之义，而南朝羌筰，此其与秦，地相什而民相百，大王之所明知也。"

③淮南赋招隐：中国隐逸主题之诗可以追溯到《楚辞》中淮南小山的《招隐士》。

④嗥阳山中出：《淮南子·泛论训》："山出枭阳，水生罔象，木生毕方，井生坟羊。"高诱注："枭阳，山精也，人形长大，面黑色，身有毛，足反踵，见人而笑。"嗥阳，亦作"枭阳"，亦作"枭杨"。兽名。即狒狒。

⑤屈子咏离忧：屈子，屈原，战国末期楚国丹阳（今湖北秭归）人，楚武王熊通之子屈瑕的后代。汉·司马迁在《史记·屈原贾生列传》中说："《离骚》者，犹离忧也。"

⑥葛藟：野葡萄。是藟之别名，以其似葛，故称葛藟。"葛藟"有缠绕、攀

附的特点，《诗经·王风·葛藟》中，正是利用这一点作为起兴的出发点，来思念亲人，感叹世态冷暖的。

⑦魑魅：古谓能害人的山泽之神怪。亦泛指鬼怪。《汉书·王莽传中》："敢有非井田圣制，无法惑众者，投诸四裔，以御魑魅。"颜师古注："魑，山神也。魅，老物精也。"

⑧曷异：何异。清·魏源《默·学篇》："不闻道而死，曷异蜉蝣之朝生暮死乎？"

⑨平生试慑心，有胁不至席：宋·释道原《景德传灯录》："第三十一祖道信大师者。姓司马氏。世居河内。后徙于蕲州之广济县。师生而超异。幼慕空宗诸解脱门，宛如宿习。既嗣祖风，摄心无寐。胁不至席者，仅六十年。"慑心，同"摄心"。控制心志；收敛心神。胁不至席：从未躺下来睡觉。

⑩思君不得闲：《楚辞·九歌·山鬼》："怨公子兮怅忘归，君思我兮不得闲。"

⑪采秀：《楚辞·九歌·山鬼》："采三秀兮于山间。"王逸注："三秀，谓芝草也。"

**浅解：**

此诗表达了饶公的生命精神，在饶公人格境界的养成中，独立自由纯洁精粹的生命精神是其追求的人生境界。此诗借用典故，表达了他自由自在地隐遁世间的高情，蕴含着远离政治不求功利的价值取向。

**简译：** 雌蜥能知阴雨，晖日能感黄昏。羌笮之域与中原之地相比，其地辽阔为中原之十倍。淮南小山歌赋《招隐士》之诗，使噪阳为先导寻访隐士。屈原咏叹离忧之苦，葛藟生于石隙之中。问世间哪里不是鬼怪乱生，从古至今无可区别。平生守摄身心，从未躺下来休息。我思君而不得空闲，采三秀而登于山间绝壁。

## 题抱朴子① 八叠前韵

岠齐州以南,丹穴皆戴日②。
丹帆安易到,昼夜不止十。
草木冬贲华,无待锦匠出③。
朱④康所记传,已复及细隙。
好事⑤抱朴翁,访古更稽昔。
欲乞勾漏令⑥,天胡靳一席。
徒尔慕大秦⑦,琉璃⑧堆四壁。

(时方疏证神丹经地理。)

注释:

①抱朴子:东晋·葛洪撰。《抱朴子》总结了战国以来神仙家的理论,从此确立了道教神仙理论体系;它也是研究我国晋代以前道教史及思想史的宝贵材料。
②岠齐州以南,丹穴皆戴日:《尔雅·释地》:"岠齐州以南,戴日为丹穴。"郭璞注:"岠,去也;齐,中也。"邢昺疏:"中州,犹言中国也。"丹穴,传说中的山名。《山海经·南山经》:"丹穴之山……有鸟焉,其状如鸡,五采而文,名曰凤皇。"
③草木冬贲华,无待锦匠出:南朝·梁·刘勰《文心雕龙·原道》:"云霞雕色,有逾画工之妙;草木贲华,无待锦匠之奇。"锦匠,织锦工匠。
④朱:朱记荣,字懋之,号槐庐,清代藏书家。有自藏本《抱朴子》,又辑《抱朴子附篇八种》。
⑤好事:谓喜欢某种事业。《汉书·扬雄传下》:"家素贫,耆酒,人希至其门。时有好事者载酒肴从游学。"
⑥勾漏令:勾漏,亦作"勾屚"。山名。在今广西北流县东北。有山峰耸立如林,溶洞勾曲穿漏,故名。为道家所传三十六小洞天的第二十二洞天。见《云笈七籤》卷二七。汉置勾漏置,隋废。《晋书·葛洪传》:"以年老,

欲炼丹以祈遐寿,闻交阯出丹,求为勾屚令。"
⑦**大秦**:即罗马帝国。东汉时期所了解的大秦具有理想化的色彩,因此以后才能演化成为道德完美的乌托邦。
⑧**琉璃**:诗文中常以喻晶莹碧透之物。此喻神丹经,即《太清金液神丹经》,饶公有《〈太清金液神丹经〉(卷下)与南海地理》一文,收录于《选堂集林·史林》。

浅解:

　　此诗为饶公疏证神丹经地理而赋作之诗,诗中简略地介绍了《抱朴子》一书及中国古人迷恋炼丹修仙寻求长生不死的社会现状,对光阴易逝生命脆弱发表感叹。同时,心慕大秦亦反映了饶公对独立的生命精神、完美人格的向往和追求。

　　**简译**:齐州(冀州)之南部,太阳之下为丹穴。其地无法轻易航行抵达,而要耗费许多昼夜。草木花色多姿彩,无需锦匠雕工细琢。朱氏推崇褒扬此书,所述已非常详尽。好事的抱朴翁,探寻古迹稽考往昔之史。炼丹遐寿求为勾漏之令,弹指光阴上天为何吝啬一席之地。如今徒然心慕大秦,琉璃之书堆满四壁。

## 秋间攀大屿山于凤凰岭①侧候日出　九叠前韵

荡荡②望八荒③，杲杲④起初日。
羿弓⑤曩所赦，余一已胜十。
火州⑥郁勃⑦间，石精⑧所自出。
筴身于大海⑨，性命送驹隙⑩。
惟南有名山，福地称在昔⑪。
飞霜何炜焕，玄云⑫起四席。
吾道堪化胡⑬，行处得面壁。

注释：

①大屿山凤凰岭：大屿山位于香港西南面，是香港境内最大的岛屿。凤凰岭为大屿山的最高峰。
②荡荡：浩大貌；空旷貌。
③八荒：八方荒远的地方。《汉书·项籍传赞》："并吞八荒之心。"颜师古注："八荒，八方荒忽极远之地也。"
④杲杲：明亮貌。《诗·卫风·伯兮》："其雨其雨，杲杲出日。"
⑤羿弓：羿的弓矢所及。羿，后羿，传说中夏代东夷族首领。原为穷氏（今山东德州北）部落首领。善于射箭，神话中传说尧时十日并出，植物枯死，河水干涸，猛兽长蛇为害，他射去九日，射杀猛兽长蛇，为民除害。
⑥火州：传说南海古地名。《三国志·魏志·齐王芳传》："西域重译献火浣布。"裴松之注引汉·杨孚《异物志》："斯调国有火州，在南海中。其上有野火，春夏自生，秋冬自死。"一本作"火洲"。此指凤凰岭周边之地。
⑦郁勃：茂盛，繁盛。汉·应玚《杨柳赋》："摅丰节而广布，纷郁勃以敷阳。"
⑧石精：最好的铁。《淮南子·天文训》："日夏至而流黄泽，石精出。"高诱注："石精，五色之精也。"
⑨筴身于大海：身如竹筴般漂泊于大海。
⑩驹隙：比喻光阴迅速。为"白驹过隙"之省。
⑪在昔：从前；往昔。《书·洪范》："我闻在昔，鲧陻洪水，汩陈其五行。"

⑫玄云：黑云，浓云。《楚辞·九歌·大司命》："广开兮天门，纷吾乘兮玄云。"

⑬化胡：西晋惠帝时，天师道祭酒王浮每与沙门帛远争邪正，遂造作《化胡经》一卷，记述老子入天竺变化为佛陀，教胡人为佛教之事。后陆续增广改编为十卷，成为道教徒攻击佛教的依据之一，借此提高道教地位于佛教之上。由此引起了道佛之间的激烈冲突。

浅解：

此诗描绘了大屿山凤凰岭日出之景。饶公在诗中淡化了景物的描写，更多的是寄托自己的人生感悟，如此苦短的人生，微贱的生命之中，要学会如何正视历史和自身，追求自我之价值的实现，独立之精神的塑造。

**简译**：眺望空旷的八方荒远之地，初日东升天地骤明。当年后羿射日手下留情，射九日而遗一日。炎热的南方生机郁勃，石精妙铁生于其间。此身如竹篾漂泊于大海，性命苦短如白驹过隙。南地有名山，福地为自古所称道。飞霜何为炫耀灿烂，玄云袅袅起于四座之间。吾道堪能化胡，所经之处且如达摩祖师面壁静坐。

## 晚经大风坳① 十叠前韵

汉祖歌云扬②，夸父杖追日③。
犹未履此险，一夫足敌十。
吾行昂坪④道，星如撒沙出⑤。
回首渺云海，荒山余寸隙。
安得倒乾坤，回车⑥挽往昔？
天阍⑦不可叩，羲和⑧方卸席。
浩荡凄风⑨前，贾勇⑩临攒壁。

注释：

① 大风坳：即大屿山。
② 汉祖歌云扬：汉高祖刘邦《大风歌》："大风起兮云飞扬，威加海内兮归故乡。安得猛士兮守四方？"
③ 夸父杖追日：古代神话，见《列子·汤问》、《山海经·海外北经》。《山海经》："夸父与日逐走，入日；渴，欲得饮，饮于河、渭。河、渭不足，北饮大泽。未至，道渴而死。弃其杖，化为邓林。"
④ 昂坪：位于香港新界大屿山西南部，凤凰山山腰之上。
⑤ 星如撒沙出：唐·韩愈《月蚀诗效玉川子作》："星如撒沙出，攒集争强雄。"
⑥ 回车：回转其车。汉·邹阳《狱中上书》："邑号朝歌，墨子回车。"
⑦ 天阍：天宫之门。
⑧ 羲和：古代神话传说中的人物。驾御日车的神。《楚辞·离骚》："吾令羲和弭节兮，望崦嵫而勿迫。"王逸注："羲和，日御也。"代指太阳。
⑨ 凄风：寒风。《左传·昭公四年》："春无凄风，秋无苦雨。"杜预注："凄，寒也。"凄，一本作"凄"。
⑩ 贾勇：语本《左传·成公二年》："齐高固入晋师，桀石以投人，禽之，而乘其车，系桑本焉。以徇齐垒，曰：'欲勇者，贾余余勇。'"杜预注："贾，卖也。言己勇有余，欲卖之。"后以"贾勇"为鼓足勇气的意思。

**浅解**：

　　此诗借经大屿山岭之境描写人生处世哲学，生命只有一次，人生无法"回车"，履艰处险是人之常情。刘邦之远见，夸父之坚持，都因其能够正视困难，临危不惧。我们不该沉溺于往昔，而要直视现实，勇往直前。

　　**简译**：汉祖歌咏大风歌，夸父与日竞逐。但还未经过如此险地，此处之险堪称一夫当关，十夫莫敌。吾行于昂坪道上，天空繁星如撒沙。回首一望云海渺渺，荒山徒余寸隙。怎能颠倒乾坤，调转其车回到过去？天门不可敲叩，太阳方才下山。浩荡面对这寒冷之风，鼓起勇气临眺峻岭横屏。

## 谢彭袭明①赠画　十一叠前韵

多君②摘云腴③，挥写销夏日④。
疑见南岳师⑤，佛前且合十⑥。
风月不到处，暂放数峰出。
危叶⑦坠曾波⑧，微阳⑨生霁隙。
山林与皋壤⑩，遥思俨古昔。
与可⑪诚可人⑫，坐我蒹葭席⑬。
尚欲起坡翁，重与论照壁。

（山谷跋东坡论画云："问道存乎其人，观物必造其质。"此论与东坡照壁语，托类不同而实契也。）

注释：

① 彭袭明：彭袭明，又名昭旷，（1908—2002），江苏溧阳人。上海美术专科学校毕业，平生好独行，喜欢游山玩水，尽览名山大川。抗日战争期间，认识了张大千，看画论画，成了好友，大大增加了对书画的鉴赏力。1950年移居香港后，任职中国书院艺术系，因厌烦商业社会的繁嚣，隐居乡间，精研绘事。更领略到"随山发皴，因景立法"的画诀，作品达到"外师造化，中得心源"的境界。
② 多君：称赞对方。多：称赞。《韩非子·五蠹》："以其犯禁而罪之，而多其勇也。"
③ 摘云腴：云腴，即指茶叶。腴是肥美的意思，茶树在高处接触云气而生长的叶子特别丰茂，所以用云腴称茶叶。宋·黄庭坚《双井茶送子瞻》："我家江南摘云腴，落硙霏霏雪不如。"说：从我老家江南摘下上好的茶叶，放到茶磨里精心研磨，细洁的叶片连雪花也比不上它。把茶叶形容得这样美，是为了显示他送茶的一番诚意，其中含有真挚的友情。饶公亦有此意。
④ 销夏日：指消夏，解暑，避暑。唐·陆龟蒙《奉和袭美〈太湖诗·销夏

湾〉》诗："遗名复避世，销夏还销忧。"

⑤南岳师：懒瓒，是唐代高僧，又名懒残，法号明瓒，是北宗著名禅师普寂禅师的弟子。懒瓒和尚从唐天宝初年居衡山南岳寺为执役僧，性懒而食残，力大无穷，能推巨石，擒虎豹。曾以牛粪煨笋头，分一半给隐居南岳的隐士李泌吃，预言"领取十年宰相"，后果然言中，懒瓒和尚由此名声大振。他常游集贤峰下的衡岳禅寺，挂锡数月或半年之久。后殁于集贤峰，后人在集贤峰下用乱石垒其墓，筑有"仙残坟"。

⑥合十：原为印度的一般敬礼，佛教徒亦沿用。两手当胸，十指相合。清·纪昀《阅微草堂笔记》："僧年八十余矣，见公合十肃立。"

⑦危叶：将落的枯叶。南朝·齐·王融《永明十一年策秀才文》之五："危叶畏风，惊禽易落。"

⑧曾波：层叠的水波。汉·淮南小山《招隐士》："山气龘嵸兮石嵯峨，溪谷崭岩兮水曾波。"

⑨微阳：微弱的阳光。晋·潘尼《上巳日帝会天渊池诗》："谷风散凝，微阳戒始。"

⑩皋壤：泽边之地。《庄子·知北游》："山林与，皋壤与，使我欣欣然而乐与！"

⑪与可：文同（1018—1079），字与可，号笑笑居士、笑笑先生，人称石室先生等。北宋梓州梓潼郡永泰县（今属四川绵阳市盐亭县）人。著名画家、诗人。他与苏轼是表兄弟，以学名世，擅诗文书画，深为文彦博、司马光等人赞许，尤受其从表弟苏轼敬重。

⑫可人：有才德的人。引申为可爱的人，称心如意的人。《礼记·杂记下》："其所与游辟也，可人也。"孔颖达疏："可人也者，谓其人性行是堪可之人也。"

⑬蒹葭席：蒹葭织成的席子。

浅解：

关于彭袭明的画作，饶公极力推崇，曾写挽联《梦魂犹欲绕青城》赠彭袭明："下笔出欹奇，画作自堪追墨井；填胸余耿介，梦魂犹欲绕青城。"此诗亦然，对彭袭明画作"外师造化，中得心源"的境界加以阐述，并借苏轼"艺道两进"之论表现彭君德艺双馨的艺术人格。

**简译**：感谢彭君请品佳茗，挥毫消遣以度炎炎夏日。达到懒瓒和尚绝虑忘缘的境地,佛前合十参禅悟道。风月无法企及之处,巧妙地勾勒出险峻数峰。枯叶飘落荡起层叠波纹,初生之阳透过霁隙披散微光。山中之林泽边之地,颇能感受到古风遗存。文与可确实是个可爱的人,让我坐于蒹葭席上。想要起东坡于地下,再与他探讨这照壁之论。

## 题神田鬯盦[①]藏书绝句　十二叠前韵

临风思美人，眇眇惜往日[②]。
缥帙[③]从云降，其仪真九十[④]。
纷彼鸾凤姿[⑤]，妙笔非世出。
乃知赋家[⑥]心，囊括[⑦]穷毫隙。
比闻祛微恙[⑧]，步履应胜昔。
载诵渔歌子，请业[⑨]忆前席。
文藻追嵯峨[⑩]，唐音[⑪]出鲁壁[⑫]。

（数年前曾从翁询日本填词史，知嵯峨天皇渔歌子乃彼邦倚声之权舆。）


注释：

①神田鬯盦：神田喜一郎先生，号鬯盦，明治三十年（1897）十月十六日生于日本京都市。父神田喜左卫门。神田家世代务商，为京都著名之商家。祖父神田香岩，工汉诗且长于书画鉴赏，嗜书籍古物，喜收藏中、日古籍，曾任京都博物馆学艺委员，与中国罗振玉、王国维、董康等尝有交往。先生自幼受祖父熏陶，对中国文学、历史极具兴趣，亦能创作汉诗。
②临风思美人，眇眇惜往日：唐·许浑《三十六湾》："缥缈临风思美人，荻花枫叶带离声。"美人，以美人、香花美草象征君王、贤才，始自屈原，屈原开拓了我国古典诗歌史上以香草、美人寄情言志的传统。惜往日，屈原有《九章·惜往日》一篇。饶诗借之起兴。
③缥帙：淡青色的书衣。亦指书卷。南朝·陈·徐陵《〈玉台新咏〉序》："方当开兹缥帙，散此绦绳，永对玩于书帷，长循环于纤手。"
④其仪真九十：九十其仪。旧时指女子出嫁时，父母反复叮咛要注意仪容举止。指礼仪非常多。也指夸奖新妇的仪态很美。《诗经·豳风·东山》："之子于归，皇驳其马，亲结其缡，九十其仪。"此指对诗歌的赞美。
⑤鸾凤姿：唐·李白《赠瑕丘王少府》诗："皎皎鸾凤姿，飘飘神仙气。"

⑥赋家：写赋的名家。
⑦囊括：包罗；包含。汉·扬雄《羽猎赋》："野尽山穷，囊括其雌雄。"
⑧微恙：小病。宋·秦观《次韵答张文潜病中见寄》诗："君其专精神，微恙不足论。"
⑨请业：向人请教学业。《礼记·曲礼上》："请业则起，请益则起。"郑玄注："业，谓篇卷也。"
⑩嵯峨：嵯峨天皇（さがてんのう），生于延历五年九月七日（786年10月3日），卒于承和九年七月十五日（842年8月24日），日本第52代天皇。嵯峨天皇不恋权位，反倒寄情琴棋书画，徜徉山水之间，是位无为而治的信奉者。他迷恋汉学，诗赋、书法、音律都有相当的造诣。嵯峨天皇还在国内大力推行"唐化"，从礼仪、服饰、殿堂建筑一直到生活方式都模仿得惟妙惟肖。
⑪唐音：指唐诗及其风格。宋·朱胜非《秀水闲居录》："此陈与义《秋夜诗》也，置之唐音，不复可辨。"
⑫鲁壁：《〈书〉序》："至鲁共王好治宫室，坏孔子旧宅，以广其居，于壁中得先人所藏古文虞、夏、商、周之书及传、《论语》、《孝经》，皆科斗文字。"后以"鲁壁"指孔子故宅藏有古文经传的墙壁。常指新发现的古典文献。

**浅解：**

此诗为饶公与神田邕盦探讨诗歌心得之作，诗中以屈原美人之意起兴，肯定了诗歌的现实意义。再而，诗中对诗歌创作的浑然天成，诗人创作过程的深思熟虑，在传统诗歌的继承和创新方面进行了阐述。并从中表达了对嵯峨天皇所做渔歌子达到的造诣的赞赏和敬佩。

**简译：** 临风思念贤人，追惜眇眇之往事。佳诗宛若从天而降，真是仪态万方。纷如鸾凤之芳姿，妙笔非世俗能作。乃知赋家之所用心，包罗万象穷尽所思。近闻您的微恙已经祛除，步履康健应更胜往昔。赋作吟咏《渔歌子》，请教神田君追忆往事。文藻足可追步嵯峨天皇，诗中洋溢着唐音的古雅有如出于鲁壁的经典。

## 阳月①遣兴　十三叠前韵

经秋无一诗，懵懵②送斜日。
花鸟讵③如许，阳春报九十④。
小雨浥清涟⑤，寒浸新绿出。
妙云掩痴山，略补天罅隙⑥。
今古诚旦暮⑦，何必梦昔昔⑧。
抉目⑨送飞鸿⑩，西山登衽席⑪。
岁晏⑫转愁予⑬，浩歌⑭千仞壁。

注释：

①阳月：农历十月的别称。汉·董仲舒《雨雹对》："十月，阴虽用事，而阴不孤立。此月纯阴，疑于无阳，故谓之阳月。"

②懵懵：糊里糊涂。明·王守仁《传习录》卷上："汝能知昼？懵懵而兴，蠢蠢而食，行不著，习不察，终日昏昏，只是梦昼。"

③讵：岂，怎。

④阳春报九十：春天三个月加起来九十天。

⑤清涟：谓水清澈而有细波纹。语本《诗·魏风·伐檀》："河水清且涟猗。"后多连用。南朝·宋·谢灵运《过始宁墅》诗："白云抱幽石，绿筱媚清涟。"

⑥罅隙：缝隙，瑕疵。宋·苏轼《吊李台卿》诗："看书眼如月，罅隙无不照。"

⑦今古诚旦暮：《庄子·齐物论》："万世之后，而一遇大圣知其解者，是旦暮遇之也。"

⑧昔昔：夜夜。《列子·周穆王》："精神荒散，昔昔梦为国君。"

⑨抉目：原指挖出眼睛。此为极目之意。

⑩送飞鸿：三国·魏·嵇康《四言赠兄秀才入军诗》之一："目送归鸿，手挥五弦。"

⑪衽席：借指太平安居的生活。语出《大戴礼记·主言》："是故明主之守

也，必折冲乎千里之外；其征也，衽席之上还师。"
⑫岁晏：一年将尽的时候。唐·白居易《观刈麦》诗："吏禄三百石，岁晏有余粮。"喻指人之暮年。
⑬愁予：使我发愁。《楚辞·九歌·湘夫人》："帝子降兮北渚，目眇眇兮愁予。"王逸注："予，屈原自谓也。"一说犹忧愁。姜亮夫校注："予，诸家以为吾之借字，实不辞。予者，……忧也。"按，后人皆用王注义。
⑭浩歌：放声高歌，大声歌唱。《楚辞·九歌·少司命》："望美人兮未来，临风怳兮浩歌。"

浅解：

　　此诗起句化用明末清初傅山诗句："经冬无一诗，花鸟讵如许。"秋意刚起，又察春之将至，一年更比一年快，岁之将暮人亦渐老，忧愁暗生，表达了对时光飞逝的无奈。同时，诗中又规劝众人莫要留恋往昔而忘却当下，要勇敢面对生活，坦然思考人生。

　　**简译**：秋意渐浓一诗未赋，糊糊涂涂目送斜阳。花开花谢鸟去鸟来，年复一年阳春将至。细雨润泽万水清涟，冷寒浸天新绿悄出。妙云掩映痴山，似乎在补缀天空的罅隙。今古可旦暮遇之，何必夜夜做荒的梦。极目送走渐远飞鸿，盼登西山向往衽席。一年将尽我心忧愁，且放声高歌于千仞之壁。

## 题潘莲巢①墨兰卷　十四叠前韵

物情②自伤离③，葵藿④必倾日。
佩纕与结言⑤，百畮⑥此其十。
幽芳⑦发俏茜⑧，曾唤湘累⑨出。
卷葹⑩心未死，犹茁⑪舞咏隙。
盈川⑫苦悲秋，蒿草伤从昔。
彼椒虽充帏⑬，胖⑭不与同席。
魂归睨故乡，何处许呵壁⑮。

（杨炯幽兰赋云："悲秋风之一败，与蒿草而为刍。"）

注释：

①潘莲巢：潘恭寿（1741—1794），字慎夫，号莲巢。丹徒人（今江苏镇江），善画山水、人物、花卉、行石，尤擅临摹古迹，与张夕庵、顾鹤庆等并称为"丹徒派"。著有《丘仙境舍集》。
②物情：物理人情，世情。三国·魏·嵇康《释私论》："情不系于所欲，故能审贵贱而通物情。"
③伤离：为离别而感伤。唐·王昌龄《送程六》诗："冬夜伤离在五溪，青鱼雪落鲙橙虀。"
④葵藿：单指葵。葵性向日。古人多用以比喻下对上赤心趋向。语出《三国志·魏志·陈思王植传》："若葵藿之倾叶，太阳虽不为之回光，然向之者诚也。窃自比于葵藿，若降天地之施，垂三光之明者，实在陛下。"
⑤佩纕与结言：《楚辞·离骚》："解佩纕以结言兮，吾令蹇修以为理。"佩纕，指佩带的饰物。纕，佩用的丝带。结言，用言辞订约。
⑥百畮此其十：百畮即百亩。《楚辞·离骚》："余既滋兰之九畹合，又树蕙之百畮。"此指已得屈原树蕙之十一。
⑦幽芳：清香，亦指香草、香花。比喻高洁的德行。
⑧俏茜：俏丽。清·宋琬《湖上奇云记》："云之像树者，青葱俏茜。"

⑨湘累：指屈原。元·张鸣善《脱布衫过小梁州》曲："悼后世追前辈，对五月五日，歌楚些吊湘累。"
⑩卷葹：草名。又名"宿莽"。《尔雅·释草》："卷施草，拔心不死。"郭璞注："宿莽也。"郝懿行义疏："凡草通名莽，惟宿莽是卷施草之名也……按施，《玉篇》作葹。"
⑪犹茁：茁壮成长如旧。
⑫盈川：杨炯（650－692），唐朝诗人。初唐四杰之一。唐高宗显庆六年（661年），年仅11岁的杨炯被举为神童，上元三年（676年）应制举及第，授校书郎。后又任崇文馆学士，迁詹事、司直。武后垂拱元年（685年），降官为梓州司法参军。天授元年（690年），任教于洛阳宫中习艺馆。如意元年（692年）秋后改任盈川县令，吏治以严酷著称，死于任所。因此后人称他为"杨盈川"。
⑬彼樧虽充帏：《楚辞·离骚》："椒专佞以慢慆兮，樧又欲充夫佩帏。"樧，茱萸。
⑭胖：将某物一分为二，分裂。
⑮呵壁：汉·王逸《〈天问〉序》："屈原放逐，彷徨山泽。见楚有先王之庙及公卿祠堂，图画天地山川神灵，琦玮僪佹，及古贤圣怪物行事，因书其壁，呵而问之，以渫愤懑。"后因以"呵壁"为失意者发泄胸中愤懑之典实。

**浅解：**

　　此诗为题画诗，饶公在墨兰上寄托了深切的感情，对屈原无端受到谗邪小人的中伤和昏庸的楚怀王的放逐深表同情。在选取香花异草中，屈原特别选取了兰；在咏墨兰之时，饶公特别选取了屈原之事。颂兰而寄情于兰，托兰以讽古今之失。使兰花的高洁形象更加鲜明、突出，亦彰显潘莲巢墨兰之传神，更是饶公对这花中君子的精神与品格的追求。

　　**简译：** 世间物情伤别离，葵藿倾叶而向日。解佩以表达爱慕，已得屈原树蕙百亩之十一。香草绽放俏丽而鲜艳，令人追忆屈子遗风。卷施之草拔心不死，犹于舞咏之处茁茂芬芳。杨炯悲秋风之一败，蒿草之伤自古及今。茱萸虽妄想充实香包，亦与其隔绝而不同流合污。魂归而临睨故乡，何处许我呵壁问天。

## 酬水源渭江①并呈多纪上人②　十五叠前韵

丽句真绝尘③，芙蓉映初日④。
潘江而陆海⑤，论才君过十⑥。
香消酒醒后⑦，声喷霜竹⑧出。
依草有落花，点缀春间隙。
袖翻打毬舞，佚调追曩昔⑨。
忆曾陟鱼山⑩，恨未接几席⑪。
幸谢纪上人⑫，来秋容叩壁。

（水源著有香消酒醒词，精雅乐，能吹麝篆云。）

注释：

① 水源渭江：日本著名汉学家，他是罗香林、饶宗颐两先生之高足。其父琴窗先生精词学，渭江师而承袭，且对乐舞方面研究甚深，精六法与制陶。
② 多纪上人：多纪颖信。
③ 绝尘：超脱尘俗。《文选·范晔〈逸民传论〉》："盖录其绝尘不反，同夫作者。"刘良注："绝尘谓超尘离俗，往而不反者。"
④ 芙蓉映初日：初日芙蓉，犹初发芙蓉。明·王世贞《艺苑卮言》卷一："初日芙蓉，非人力所能为，精彩华妙之意，自然见于造化之外。"
⑤ 潘江而陆海：陆：晋代诗人陆机；潘：晋代诗人潘岳。形容人诗文方面的才华横溢。南朝·梁·钟嵘《诗品》卷上："陆（陆机）才如海，潘（潘岳）才如江。"
⑥ 论才君过十：《三国志·诸葛亮传》载刘备临终托孤于诸葛亮。"属以后事，谓亮曰：'君才十倍曹丕，必能安国，终定大事。'"
⑦ 香消酒醒后：水源著有《香消酒醒词》。
⑧ 声喷霜竹：演奏箫笛。霜竹，借指笛。宋·黄庭坚《念奴娇·八月十七日客有孙彦立善吹笛援笔作乐府长短句文不加点》词："老子平生，江南江北，最爱临风曲。孙郎微笑，坐来声喷霜竹。"

⑨袖翻打毬舞，佚调追曩昔：水源渭江对敦煌舞谱研究著有《AurelSteinのTouen—Houangより发见の舞谱〈佚调名〉》之文。
⑩鱼山：《法苑珠林》卷四九："〔陈思王曹植〕尝游鱼山，忽闻空中梵天之响，清雅哀婉，其声动心，独听良久……乃摹其声节，写为梵呗，撰文制音，传为后式。梵声显世，始于此焉。"后遂用为咏佛教梵呗的典实。此处指日本友人来中国鱼山朝拜的事迹。
⑪几席：几和席，为古人凭依、坐卧的器具。接几席指亲随在其身边。
⑫幸谢纪上人：此指1964年饶公赴日本访学，与水源琴窗、水源渭江父子谈词，到京都大原山听梵呗，听多纪颖信演奏日本雅乐之事。

浅解：

此诗表达了饶公对水源渭江在中国词学以及音乐方面的造诣方面的推崇和赞赏。诗中饶公肯定了水源渭江在诗文方面的才华，觱篥等乐器方面的天赋以及对中国敦煌学舞谱研究上的贡献，寄托了诗人无比真挚的情感以及对友人的思念之情。

**简译**：辞藻妍丽超尘脱俗，犹若初发之芙蓉。堪比晋之潘岳陆机，若论才华之卓越君过人十倍。香消酒醒之词吟罢，笛声四起雅乐飞扬。落花依草婉媚动人，点缀得处处春意盎然。袖衣翻动击毬蹈舞，恍然似曩昔之佚调。忆曾登访鱼山，可惜未能与您相追随。所幸因多纪上人的缘故，来年秋日再来拜访。

## 赠琴师容翁心言　十六叠前韵

泠泠①七弦琴②，薰风③拂夏日。
至乐④忘年义，不觉垂八十。
莫谓蓬户⑤间，清歌金石⑥出。
宗派溯广陵⑦，沾溉⑧遍遐隙。
心逐徐青山⑨，疏淡⑩惟师昔。
三复廿四况⑪，寝馈⑫共枕席。
希声⑬孰知音，白云时挂壁⑭。

翁年七十余，祖庆瑞，原籍黑龙江，著琴瑟合谱。瑞受之李澂宇，澂宇得传于徐越千周子安之徒，盖五知斋一脉也。瑞授大兴张瑞珊，著十一弦馆琴谱，其徒刘铁云为梓行。书中刘氏于广陵散新谱后记叙传授渊源甚详，足以补苴琴史。余曾从容翁问指法年余，性懒而拙，愧未能窥其万一耳。

注释：

①泠泠：形容声音清越、悠扬。晋·陆机《招隐诗》之二："山溜何泠泠，飞泉漱鸣玉。"
②七弦琴：古琴的一种。有七根弦。《警世通言·俞伯牙摔琴谢知音》："先是宫、商、角、徵、羽五弦，后加二弦，称为文武七弦琴。"饶公此句化自唐·刘长卿《弹琴》："泠泠七弦上，静听松风寒。"
③薰风：相传舜唱《南风歌》，有"南风之薰兮"句，见《孔子家语·辩乐》。后因以"薰风"指《南风歌》。此特指琴音。
④至乐：最高妙的音乐。《庄子·天运》："夫至乐者，先应之以人事，顺之以天理，行之以五德，应之以自然，然后调理四时，太和万物。"
⑤蓬户：用蓬草编成的门户。指穷人居住的陋室。《庄子·让王》："原宪居鲁，环堵之室，茨以生草，蓬户不完。"
⑥金石：钟磬之类的乐器，声音清脆优美。
⑦宗派溯广陵：广陵琴派，源于扬州。扬州古琴活动自唐、宋以来，流传不

绝，最盛于清代。清初以徐常遇和徐祺父子为代表的扬州琴家不仅操琴技艺精湛，还编辑了许多琴谱，流传下来的有徐常遇的《澄鉴堂琴谱》，徐祺父子的《五知斋琴谱》，吴灯的《自选堂琴谱》，秦维翰的《蕉庵琴谱》和僧空尘的《枯木弹琴谱》等，形成著名的广陵琴派。

⑧沾溉：柳贯《送刘叔说赴潮州韩山山长》诗："沾溉时雨足。"引申为使人受益。

⑨徐青山：徐青山名谼，原名上瀛，号青山，江苏娄东（太仓）人。虞山派集大成者。武举出身，曾参与抗清。后改名谼，号石帆，隐居吴门。幼年时在家乡从虞山派琴家张渭川学琴，以后又向施磵盘、沈太韶等琴家学习，吸收各家之长，刻苦磨练；终于在艺术上取得相当高的造诣。他吸收《雉朝飞》、《乌夜啼》、《潇湘水云》等以快速见长的名曲，编入《大还阁琴谱》，琴风"徐疾咸备"，弥补了严澄只求简缓而无繁急的不足。所著《溪山琴况》，是据《琴声十六法》（徐越千著），进一步分析补充为二十四况，对琴曲演奏的美学理论有系统而详尽的阐述。原文刊于《大还阁琴谱》。另有《万峰阁指法闷笺》一卷。

⑩疏淡：疏朗有致。宋·苏舜钦《演化闻予所藏宝琴求而挥弄不忍去因为作歌以写其意云》："节奏可尽韵可收，时于疏淡之中寄深意。"

⑪廿四况：详见⑨条注。

⑫寝馈：寝食；吃住。清·龚自珍《跋宋拓兰亭定武本》："合以子敬《洛神》，两本并度并临，终身弗离，王侯可让也，寝馈可废也。"

⑬希声：无声，听而不闻的声音。《老子》："大器晚成，大音希声，大象无形。"王弼注："听之不闻名曰希，不可得闻之音也。"

⑭挂壁：挂于壁上。比喻搁置不用。唐·刘知几《史通·杂说下》："至如汉代《公羊》，擅名三传，晋年《庄子》，高视六经，今并挂壁不行，缀疏无绝。"

浅解：

此诗对容翁的琴技以及师承渊源进行叙述，对自己性懒而拙未能窥其万一深表惭愧，对知己难求知音难觅表示无奈。

**简译**：七弦琴音悠扬动听，如夏日东南之薰风。妙乐使人忘年义，不觉已年垂八十。寂寥蓬户之中，清歌如掷地金石之声。源远流长直追广陵琴派，沾溉后学其泽甚远。心追徐青山之琴艺，以之为师使节奏疏朗有致。多次演习溪山廿四琴况，以之为伴寝食不离。大音希声谁是知音，白云终年挂壁而不行。

## 雨夜鼓琴　十七叠前韵

屋居如乘船，危坐①辄终日。
琴丝②润慵理，曝一遂寒十③。
偶操二三弄④，渐觉真味⑤出。
飞雨横江来⑥，点滴响檐隙。
寤言⑦莫予应，伏枕⑧眷遥昔。
古怨奏侧商⑨，秋雁纷入席。
满目起波涛，粘天浑无壁⑩。

注释：

①危坐：古人以两膝着地，耸起上身为"危坐"，即正身而跪，表示严肃恭敬。后泛指正身而坐。《管子·弟子职》："危坐乡师，颜色无怍。"

②琴丝：琴弦。亦指琴声。宋·姜夔《齐天乐》词："写入琴丝，一声声更苦。"

③曝一遂寒十：一日曝之，十日寒之。又作"一曝十寒"。原意是说，虽然是最容易生长的植物，晒一天，冻十天，也不可能生长。比喻学习或工作一时勤奋，一时又懒散，没有恒心。亦作"一暴十寒"。《孟子·告子上》："无或乎王之不智也。虽有天下易生之物也，一日暴之，十日寒之，未有能生者也。"

④弄：乐曲一阕或演奏一遍称一弄。《世说新语·任诞》："王子猷出都。"刘孝标注引南朝·宋·檀道鸾《续晋阳秋》："帝命伊（桓伊）吹笛……既吹一弄，用放笛云：'臣于筝用不知笛。'"

⑤真味：真实的意旨或意味。宋·严羽《沧浪诗话·诗评》："读《骚》之久，方识真味。"

⑥飞雨横江来：宋·苏轼《有美堂暴雨》："天外黑风吹海立，浙东飞雨过江来。"

⑦寤言：醒后说话。《诗·卫风·考槃》："独寐寤言，永矢弗谖。"

⑧伏枕：伏卧在枕上。《诗·陈风·泽陂》："寤寐无为，辗转伏枕。"

⑨侧商：古琴调之一，失佚已久。宋·姜夔《琴曲·侧商调》："琴七弦，散声具宫商角徵羽者为正弄，慢角、清商、宫调、慢宫、黄钟调是也；加变宫、变徵为散声者曰侧弄、侧楚、侧蜀、侧商是也。侧商之调久亡。唐人诗云：'侧商调里唱《伊州》。'予以此语寻之：《伊州》大食调黄钟律之商，乃以慢角转弦，取变宫、变徵散声，此调甚流美也。盖慢角乃黄钟之正，侧商乃黄钟之侧，它言侧者同此；然非三代之声，乃汉燕乐尔。"

⑩无壁：没有限界或边际。唐·韩愈《祭张员外文》："洞庭漫汗，粘天无壁。"

浅解：

　　此诗描写了饶公鼓琴之心境变化，琴声由"润慵理"至"真味"渐出，思绪从雨水之"响檐隙"之感而至"眷遥昔"而奏"侧商"之怨，琴意由浅入深、由近及远、由今追古，琴意而至诗意，无不体现饶公之真境界也。

　　**简译**：居屋如同乘船，终日端坐以消闲暇。琴丝虽温润但我慵于弹奏，常常是一曝十寒。偶弹二三首曲子，逐渐体验其中的真味。飘飞雨水横江而来，点滴而使砌响檐鸣。卧醒而语莫予应答，伏卧枕边眷念往昔。古怨使我奏响侧商之调，秋雁南翔纷纷入席。满眼波涛望不尽，水天相接无边无际。

## 作书　十八叠前韵

有客不速来①，流连竟弥日②。
琴尊③即佛地④，容我姑住十。
荧荧青灯⑤下，墨磨精光出。
须臾鸦满纸，乐此消尘隙。
投南⑥逾十年，兹兴未改昔。
北风助臂指⑦，其势欲卷席⑧。
博君一葫芦⑨，留诗只疥壁⑩。

（于蔡德允家中作书盈纸，不知其日之夕也。）

注释：

①有客不速来：不速之客不请自来，此指饶公至蔡德允家中做客。
②弥日：终日。《后汉书·文苑传下·边让》："登瑶台以回望兮，冀弥日而消忧。"李贤注："弥，终也。"
③琴尊：琴与酒樽为文士悠闲生活用具。南朝·齐·谢朓《和宋记室省中》："无叹阻琴樽，相从伊水侧。"
④佛地：谓超脱生死、灭绝烦恼的境界。《坛经·般若品》："若识自性，一悟即至佛地。"
⑤青灯：亦作"青镫"。光线青荧的油灯。唐·韦应物《寺居独夜寄崔主簿》诗："坐使青灯晓，还伤夏衣薄。"
⑥投南：来到南方。
⑦臂指：谓运用自如；指挥灵便，如臂之使指。汉·贾谊《陈政事疏》："今海内之势，如身之使臂，臂之使指，莫不制从。"
⑧卷席：翻卷席子。多形容气势凶猛，像卷席子一样将全部事物卷走。元·耶律楚材《为子铸作诗三十韵》："一旦义旗举，中原如卷席。"
⑨葫芦：同"胡卢"。笑；嗤笑。清·谈迁《国榷》卷一三五："后史氏饰美，不为有识者所葫芦乎！"

⑩疥壁：谓壁上所题书画如疥癞，令人厌恶。语出唐·段成式《酉阳杂俎·语资》："大历末，禅师玄览住荆州陟岯寺，道高有风韵，人不可得而亲，张璪尝画古松于斋壁，符载赞之，卫象诗之，亦一时三绝。览悉加垩焉。人问其故，曰：'无事疥吾壁也。'"饶公此处为自谦之辞。

浅解：

　　诗歌叙述了自己不请自来于友人家中驻留终日以作书，文中笔墨多在表述作书之乐，实际上隐含了朋友相聚不亦乐乎之感。

　　**简译**：不速之客不请自来，流连忘返日已至夕。有琴有樽即是佛地，请容许我多驻留些时日。煌煌荧荧青灯之下，墨色闪耀着精光。须臾笔落涂鸦满纸，以此为乐消磨尘世的空闲。来到南方十年有余，对翰墨的兴致未曾改变。北风相助运笔自如，气势凶猛如同卷席。只为博得君一笑，所题之书仅如疥癞污壁。

## 再答叔雍　十九叠前韵

诗心譬沉牛①，一搁每百日。
偶尔短兵接②，奋臂一抵十。
亦不藉鲁酒③，自有神思出。
愁阵④终披靡，抵巇⑤还蹈隙。
矍铄⑥哉此翁，拔山气犹昔⑦。
幸未鄙曹郐⑧，分庭更让席。
犹可撼三江，隔海且坚壁⑨。

（来诗有降旛语，故以坚壁为请。）

注释：

①沉牛：如泥牛沉大海。比喻杳无音讯。宋·释道原《景德传灯录》卷八："我见两个泥牛斗入海，直至如今无消息。"

②短兵接：犹言短兵相接。《楚辞·九歌·国殇》："车错毂兮短兵接。"王逸注："言戎车相迫，轮毂交错，长兵不施，故用刀剑以相接击也。"

③鲁酒：鲁国出产的酒。味淡薄。后作为薄酒、淡酒的代称。北周·庾信《哀江南赋》序："楚歌非取乐之方，鲁酒无忘忧之用。"

④愁阵：犹愁城。唐·韩偓《残春旅舍》诗："禅伏诗魔归静域，酒冲愁阵出奇兵。"

⑤抵巇：《鬼谷子·抵巇》："巇始有朕，可抵而塞，可抵而却，可抵而息，可抵而匿，可抵而得，此谓抵巇之理也。"陶弘景题注："抵，击实也；巇，衅隙也。墙崩因隙，器坏因衅，而系实之，则墙器不败。若不可救，因而除之，更有所营置，人事亦由是也。"后用"抵巇"以指钻营。

⑥矍铄：形容老人目光炯炯、精神健旺。《后汉书·马援传》："援据鞍顾眄，以示可用。帝笑曰：'矍铄哉，是翁也！'"

⑦拔山气犹昔：拔山的气概还如从前。项羽《垓下歌》："力拔山兮气盖世，时不利兮骓不逝。"

⑧曹邹：春秋时小国，今山东境内。黄山谷与苏东坡诗："我诗如曹邹，浅陋不成邦；公如大国楚，带五湖三江。"

⑨坚壁：加固壁垒。《史记·高祖本纪》："项羽闻汉王在宛，果引兵南。汉王坚壁不与战。"此有激励赵翁不要轻易言弃之意。

浅解：

饶公崇敬赵翁，了解和关心赵翁，针对赵诗"降旛"（投降、放弃之意）之意，饶公调侃规劝，极力赞扬赵翁的诗歌及创作风格，"不藉鲁酒""神思自出"，请他不要认输，继续作诗唱和。

**简译**：诗心如牛沉海，一搁置则荒废多日。偶尔以短兵接战，振臂而以一抵十。无须藉借之淡酒，自然而然神思涌出。愁阵终将望风披靡，乘机抵巇蹈隙不遗余力。赵翁精神健旺依旧，力可拔山之气犹如当年。您不仅不鄙视我为曹邹小邦，让我分庭抗礼而且还让我一席。您的笔力犹能撼动三江，请坚壁与我再斗诗唱和。

## 镜斋①鼓琴录音寄高罗佩②吉隆坡　二十叠前韵

尊者③何曾盲，如云偶蔽日。
心中一切智④，定力应胜十。
锵然⑤凤鸾鸣，味从肘后出。
愔愔⑥含至德⑦，妙悟参禅⑧隙。
露电⑨驱寒暑，换了几今昔。
寄声到殊方⑩，洗耳⑪争入席。
南风不待薰⑫，余音已生壁。


注释：

①镜斋：徐文镜（1895—1975），别署镜斋，台州椒江海门百口井人。自幼颖悟好学，淹通多种学艺，为著名书画篆刻家、古文字学家、浙派古琴大师。

②高罗佩：字芝台，是罗伯特·汉斯·古利克的中文名，荷兰汉学家、东方学家、外交家、翻译家、小说家。他的侦探小说《大唐狄公案》成功地塑造了"中国的福尔摩斯"，并被译成多种外文出版，在中国与世界文化交流史上留下重重的一笔。

③尊者：佛教语。梵语"阿梨耶"意译为尊者、圣者。亦泛指具有较高的德行、智慧的僧人。

④一切智：指了知内外一切法相之智。《仁王护国般若波罗蜜多经》卷下（大八·八四三上）："满足无漏界，常净解脱身，寂灭不思议，名为一切智。"

⑤锵然：琴声清脆。

⑥愔愔：和悦安舒貌。《左传·昭公十二年》："祈招之愔愔，式招德音。"杜预注："愔愔，安和貌。"

⑦至德：最高的道德；盛德。《易·系辞上》："阴阳之义配日月，易简之善配至德。"

⑧妙悟参禅：宋·严羽《沧浪诗话·诗辩》："大抵禅道惟在妙悟，诗道亦在

妙悟。"

⑨露电：朝露易干，闪电瞬逝。比喻迅速逝去或消失。语本《金刚般若波罗蜜经》："一切有为法，如梦幻泡影，如露亦如电，应作如是观。"

⑩殊方：远方，异域。汉·班固《西都赋》："踰昆仑，越巨海，殊方异类，至于三万里。"

⑪洗耳：形容专心、恭敬倾听。宋·王迈《送族侄千里归漳浦》诗："洗耳候凯音，嘉节迫吹帽。"

⑫南风不待薰：语出古歌谣《南风歌》："南风之薰兮，可以解吾民之愠兮。"

浅解：

饶公此诗富含禅理。岁月易逝，知音难觅，人生境界相似、志趣相投令饶公与高罗佩惺惺相惜，在琴音互诉中寄托对人生大德、大智慧之追求。

**简译**：有智慧的人难得糊涂，宛如白云之蔽日。心中了知内外一切，稳若磐石定力十足。琴声清脆如鸾凤之鸣，手挥五弦而真味随出。柔美琴音蕴含至高之德，禅道参透惟在妙悟。寒暑交换如露如电，岁月更替几度换了今昔。鼓琴录音寄至远方，争相入席洗耳倾听。不用等待南风的熏陶，余音绕梁已回声四壁。

## 题双玉簃图　二十一叠前韵

岁暮景常新，开轩①烘嫩日②。
无忧且无过，读易遂五十③。
橐籥天地间，暂休动愈出④。
卜筑⑤双玉簃，栽柳荫檐隙。
犹有气如山，披图⑥梦宿昔⑦。
芰荷⑧纷映蔚⑨，鸥鹭共几席。
入海久忘机⑩，龙吟时破壁⑪。

注释：

①开轩：开窗。三国·魏·阮籍《咏怀》之十五："开轩临四野，登高望所思。"

②嫩日：不强烈的阳光。宋·陆游《出游》诗："未须着句悲摇落，嫩日和风不似秋。"

③读易遂五十：《论语·述而》："子曰：'加我数年，五十以学易，可以无大过矣。'"

④橐籥天地间，暂休动愈出：《道德经》第五章云："天地之间，其犹橐籥乎？虚而不屈，动而愈出。"《道德经》注："所以说天地之间，就好像一个风箱一样。如果没有人去摇动它，它就虚静无为，但是它生'风'的本性仍然是不变的，如果有人去拉动它，那么风就自然吹出来。"

⑤卜筑：择地建筑住宅，即定居之意。《梁书·外士传·刘讦》："〔刘讦〕曾与族兄刘歆听讲于钟山诸寺，因共卜筑宋熙寺东涧，有终焉之志。"

⑥披图：展阅图籍、图画等。《后汉书·卢植传》："今同宗相后，披图案牒，以次建之，何勋之有？"

⑦宿昔：夜晚；夜里。《乐府诗集·相和歌辞十三·饮马长城窟行》："远道不可思，宿昔梦见之。"

⑧芰荷：指菱叶与荷叶。《楚辞·离骚》："制芰荷以为衣兮，集芙蓉以为裳。"

⑨映蔚：相互辉映，蔚郁多彩。南朝·宋·谢灵运《石壁精舍还湖中作》诗："芰荷迭映蔚，蒲稗相因依。"

⑩忘机：道家语，意思是忘却了计较、巧诈之心，自甘恬淡，与世无争。苏轼《和子由送春》诗："芍药樱桃俱扫地，鬓丝禅榻两忘机。"

⑪破壁：唐·张彦远《历代名画记·张僧繇》："金陵安乐寺四白龙，不点眼睛。每云'点睛即飞去'。人以为妄诞，固请点之。须臾，雷电破壁，两龙乘云腾去上天，二龙未点睛者见在。"后遂以"破壁"为龙或画龙的典故。

浅解：

人生苦短，岁暮景新，此题画诗反映了饶公追求人生的虚静无为、淡泊不以世事为怀的隐遁心理。亦从侧面体现出画作超凡脱俗，"天人合一"的艺术境地。

**简译**：一年将终而佳景常新，开启窗户迎接柔和的初阳。无忧无虑也没有过错，不知不觉已到了五十读易之年华。天地之间，其犹橐籥吗？虚而不屈，动而愈出。定居于双玉簪中，栽植柳荫于屋檐之隙。心中犹有气如山，观图幻想夜宿其中。菱、荷错落有致交相辉映，鸥鹭忘机共舞几席。入海久已忘却机心，时间点睛之龙长啸破壁而去。

## 自题长洲集① 二十二叠前韵

阮公②在竹林，青眼③送白日。
飞鸿号外野④，赋篇遂八十。
江山助凄婉⑤，代有才人出⑥。
东坡谪惠州⑦，和陶饱饣隙⑧。
归趣终难求⑨，兴咏⑩敢攀昔。
独有幼安床⑪，坐久已穿席。
望古意云遥⑫，旧尘空污壁。

注释：

①长洲集：饶公《长洲集》和阮公咏怀诗八十二首。
②阮公：阮籍（210—263），三国魏诗人，字嗣宗。陈留尉氏（今属河南）人。是建安七子之一阮瑀的儿子。嵇康、阮籍、山涛、向秀、刘伶、王戎及阮咸七人常聚在当时的山阳县（今河南辉县、修武一带）竹林之下，世称竹林七贤。
③青眼：眼睛平视则见黑眼珠，上视则见白眼珠，此谓之"青白眼"。语出《世说新语·简傲》："嵇康与吕安善。"刘孝标注引《晋百官名》："嵇喜字公穆，历扬州刺史，康兄也。阮籍遭丧，往吊之。籍能为青白眼，见凡俗之士，以白眼对之。及喜往，籍不哭，见其白眼，喜不怿而退。康闻之，乃赍酒挟琴而造之，遂相与善。"后因以"青白眼"表示对人的尊敬和轻视两种截然不同的态度。
④飞鸿号外野：阮籍《咏怀》其一："孤鸿号外野，翔鸟鸣北林。"
⑤江山助凄婉：凄婉：悲凉婉转；哀伤。《新唐书·张说传》："既谪岳州，而诗亦悽婉，人谓得江山助云。"
⑥代有才人出：清·赵翼《论诗》："江山代有才人出，各领风骚数百年。"
⑦东坡谪惠州：1093年（元祐八年）高太后去世，哲宗执政，新党再度执政，第二年6月，苏轼谪为宁远军节度副使，再次被贬至惠阳（今广东惠州市）。

⑧和陶：苏轼前后和陶渊明诗一百零九首。宋·黄庭坚《跋子瞻和陶诗》："饱吃惠州饭，细和渊明诗。"饱饤餕：饭饱之余。饤：古同"饭"。

⑨归趣终难求：南朝·梁·钟嵘《诗品》称阮籍《咏怀》诗："厥旨渊放，归趣难求。"归趣：指归，意向。

⑩兴咏：歌咏。晋·陆机《怀土赋》："曲街委巷，罔不兴咏。"

⑪幼安床：汉末隐士管宁，字幼安。平日常坐一木榻（古人坐法，双膝跪平，臀部放在脚后跟上），有五十年之久，从未伸开两腿随便坐过，致使木榻放膝盖的地方都磨穿了。后以此典形容人恬淡隐居。

⑫望古意云遥：即望古意遥。"云"字为语助词，无实义。

**浅解：**

魏晋阮籍之诗能尽其清，陶公则尽其性，东坡翁贬谪惠州而尽和陶诗，饶公甚爱阮诗，特次其韵，写己忧劳，抒哀乐于一时，表遐心于百代。（饶公《长洲集》小引）诗歌阐述了饶公和阮诗的缘由和创作思想，追求心境恬淡自得之雅趣，对历代文人怀才不遇、不能自主的遭遇甚感惋惜。

**简译：** 阮公于竹林肆意酣畅，青眼以送白日。鸿雁于外野哀号，咏怀赋诗八十余。得江山之助诗亦悽婉，每个时代皆有才人。东坡翁谪居惠州，饭饱之余和陶公诗作。其中的雅趣难以言表，歌以咏志勇追古贤。独有管幼安之床，坐久而木榻膝穿。思古情深意遥，往事旧尘空污岩壁。

## 人日<sup>①</sup>　二十三叠前韵

俯仰藂<sup>②</sup>百忧，焚香数人日。
蟪蛄与朝菌<sup>③</sup>，百步笑五十<sup>④</sup>。
手把寒山诗<sup>⑤</sup>，苦言真味出。
何妨石作肠<sup>⑥</sup>，待取补天<sup>⑦</sup>隙。
闲居观气象，疑独外今昔。
寒梅澹无影，翠禽<sup>⑧</sup>晚投席。
俄顷<sup>⑨</sup>抵百年，春风与扫壁<sup>⑩</sup>。

注释：

①人日："人日"亦称"人胜节"、"人庆节"、"人口日"、"人七日"等。传说女娲初创世，在造出了鸡狗猪牛马等动物后，于第七天造出了人，所以这一天是人类的生日。《太平御览》卷九七六引 南朝梁宗懔《荆楚岁时记》："正月七日为人日。以七种菜为羹，剪彩为人或镂金箔为人，以贴屏风，亦戴之头鬓。又造华胜以相遗，登高赋诗。"

②藂：古同"丛"，聚集。

③蟪蛄与朝菌：《庄子·逍遥游》："朝菌不知晦朔，蟪蛄不知春秋，此小年也。"

④百步笑五十：《孟子·梁惠王上》："填然鼓之，兵刃既接，弃甲曳兵而走，或百步而后止，或五十步而后止。以五十步笑百步，则何如？"

⑤寒山诗：寒山诗凡三卷。唐代国清寺道翘编。集录寒山之诗颂三百余首，概为五言律诗。其诗清奇雅致，一洗六朝艳丽绮靡文风之流弊，而专注于心灵与智慧之活泼展现，风格独具。附录丰干诗、拾得诗，三诗合称三隐集。卷首有台州刺史闾丘胤序。本书之异本有宋淳熙十六年（1189）禹穴沙门志南辑本，及明代计益轩刻本。

⑥何妨石作肠：宋·黄庭坚残句："妙语何妨石作肠。"

⑦补天：古代神话传说，女娲炼石补天。《淮南子·览冥训》："往古之时，四极废，九州裂，天不兼覆，地不周载……于是女娲炼五色石以补苍天，

断鳌足以立四极。"后遂用作典故。亦常以喻挽回世运。
⑧翠禽：翠鸟。晋·郭璞《客傲》："夫攀骊龙之髯，抚翠禽之毛，而不得绝霞肆、跨天津者，未之前闻也。"
⑨俄顷：片刻；一会儿。晋·郭璞《江赋》："倏忽数百，千里俄顷，飞廉无以睎其踪，渠黄不能企其景。"
⑩扫壁：宋·黄庭坚《送吕知常赴太和丞》诗："往寻佳境不知处，扫壁觅我题诗看。"

浅解：

饶公人日有感生命之短暂，认为人生不应错过美好的东西，要看淡这个纷扰的物质世界，努力去追求内在的真性本来。

**简译**：俯仰之间心怀百忧，设席焚香以待人日的到来。蟪蛄与朝菌之辈，五十步笑百步。手捧诵读寒山诗卷，感情凄切真味遂出。语妙何妨以石作肠，留待补苍天之隙。安闲居家以观气象，无论今昔往昔。月澹寒梅无留影迹，翠禽夜晚来投我席。仿佛瞬间百年，春风清扫尘壁。

## 觅句　二十四叠前韵

观史信如花，岂独记时日。
慆慆①久不归，徂年②瞬过十。
向来多梗概③，真积④气弥出。
江湖吐乱洲，千里无际隙。
室迩⑤神已远，了了⑥今非昔。
探骊⑦偶觅句，鱼龙也避席⑧。
怒涛终夕鸣，雨声休撼壁。

注释：

①慆慆：长久。《诗·豳风·东山》："我徂东山，慆慆不归。"郑玄笺："慆慆，言久也。"

②徂年：流年，光阴。《后汉书·马援传赞》："徂年已流，壮情方勇。"

③梗概：刚直的气概；慷慨。南朝·梁·刘勰《文心雕龙·时序》："观其时文，雅好慷慨。良由世积乱离，风衰俗怨，并志深而笔长，故梗概而多气也。"

④真积：认真积累。《荀子·劝学》："真积力久则入，学至乎没而后止也。"

⑤室迩：迩，近。室迩，居于屋中。

⑥了了：明白；清楚。唐·李白《代美人愁镜》诗："明明金鹊镜，了了玉台前。"

⑦探骊：即探骊得珠，传说古代有个靠编织蒿草帘为生的人，其子入水，得千金之珠。他对儿子说：这种珠生在九重深渊的骊龙颔下。你一定是趁它睡着摘来的，如果骊龙当时醒过来，你就没命了。事见《庄子·列御寇》。后喻应试得第或吟诗作文能抓住关键。

⑧避席：古人席地而坐，离席起立，以示敬意。《吕氏春秋·慎大览》："武王避席再拜之，此非贵庬也，贵其言也。"

浅解：

　　此诗描绘了饶公寻诗觅句的思想变化。借用诗中的意象和优美的语言来表现寻诗觅句的感情变化，体现出诗歌创作的艰难与觅得佳句豁然开朗的欢愉。

**简译**：读书观史信如观花，岂止为了记载史事的时日。惝惝久不归还，流光转瞬已过十年。向来梗概而多气，认真积累浩气愈出。江湖吐露出错杂分布的岛屿，千里万里广阔无垠。身未动而文思神远，心中了悟如今更胜往昔。吟诗作文寻觅佳句如同探骊得珠，鱼龙之属避席相让。怒涛尽日汹涌澎湃，小小雨声休要撼壁。

附：宗颐兄神勇五和前诗，兹再杂赋六首答之，以博一粲。

赵叔雍

只身窜南荒，密箐蔽天日。
简书断猿鸟，世事九忘十。
直同返太古，重见獉狉出。
唇红肤似漆，隐约度林隙。
双丸奔且驰，旦暮亘今昔。
未必无魑魅，夜灯来窥席。
窥我青林中，萧然徒四壁。

（林中见群夷。）

龙蛇战玄黄，往事如昨日。
石开金亦焦，举首日有十。
从容老夷父，攘臂邓林出。
勇沉智更深，终获乘一隙。
惜哉补天手，喑众忘凤昔。
弃掷往西海，扬帆挂片席。
莫道沉虞渊，辉旭复上壁。

（乍忆十五年前事。）

　　　　老去不任事，吟啸送佳日。
　　　　兴来挥百篇，存稿不及十。
　　　　思误信足乐，转唤好句出。
　　　　凝神释万虑，驹影早过隙。
　　　　澒洞倏三载，俯仰渺今昔。
　　　　有时忘寝馈，夜坐不帖席。
　　　　百废仅胜此，文字挂腹壁。
（夜吟自遣。）

　　　　真同粥饭僧，一日复一日。
　　　　南船北马间，寒暑历数十。
　　　　未能屏文字，脱手金弹出。
　　　　所好贵舒徐，所病在纤隙。
　　　　每自欲涤荡，积习终似昔。
　　　　幸处蛮荒间，遁世可避席。
　　　　柴荆设常关，跂脉任缘壁。
（来此迄未与人酬和。跂脉，蜥蜴也，见东方朔外传。）

　　　　开缄自开颜，濡笔不盈日。
　　　　隔海恣唱酬，叠均倏逾十。
　　　　坡公纵笑我，倡举实公出。
　　　　行文尚意匠，毫发绝间隙。
　　　　和陶客儋耳，今亦犹视昔。
　　　　胡为千载下，不许夺此席。
　　　　麋诗比麋兵，膝行笑观壁。
（以诗寄同人，宗颐兄外无见和者，比诸壁上观耳。）

　　　　投书掠海洲，忽忽逾旬日。
　　　　报章无多语，一纸可当十。
　　　　珠玉涌新制，每见妙谛出。

精严更朗奕，百抵不得隙。
阔别如觌面，气类岂异昔。
回环供咏讽，痹废起衽席。
从今须敛手，降幡出诗壁。

（宗颐兄诗笺仅著数字，晋人风度可，愿树降幡矣。）


## 寄固庵

### 彭醇士

少时不好学，垂老惜兹日。
稍欲收桑榆，去者已百十。
窗下读君诗，感叹户未出。
韩孟虽云亡，巧觑造化隙。
抗怀上世士，有作兼在昔。
盛年寄物外，岂与客争席。
可怜穷舍翁，六十犹面壁。


## 题北苑龙宿郊民图

### 前　人

按石渠宝笈思翁壶篸之说，清高宗已辨其误。欧阳圭斋龙袖娇民为元人习用语，亦所不取。高宗以左氏龙见而雩为释，虽属签强，意近雅。愚意北苑为钟陵人，牧之诗有"昔年行乐秾桃畔，醉与龙沙拣蜀罗"。冯注：通典南昌有龙沙。水经注：龙沙沙甚洁白，高峻而陏有龙形，以杜诗观之，其地唐时已为游乐繁华之区。南唐始都南昌，当益盛矣。北苑所绘，岂其事耶？若然，则龙宿郊即龙沙别名。其民但知行乐，作者不无所嘅耳。兹仍从清高宗说，而附记所疑如此。

苍龙现东方，村鼓作云日。
人物阗两岸，妇女亦数十。
江上彩舟横，林间缟袂出。
百戏纷杂陈，长皋莽无隙。
思翁昧史事，进御颇诬昔。
圭斋侈博洽，鄙语乱文席。
夏景何清和，西山澹晓壁。

# 辛丑秋香港大学五十周年纪念敬叠固庵南海唱和诗韵四首

## 吉川幸次郎

横舍临沧溟，讲论无虚日。
招徕万邦客，海外洲真十。
我亦佞宋余，卮言聊以出。
愧彼博学人，天日照窗隙。
能事及乐章，综录今复昔。
密如十七篇，一一记几席。
岂似竹垞老，疑信参孔壁。

炎方御风到，蕉黄媚秋日。
吾游可汗漫，淹留朝将十。
尤忆屯门镇，孤峰云表出。
翠微藏古寺，倒影涵岩隙。
杯渡与宋王，有无事自昔。
海波青铜恬，恨不一扬席。

咫尺水中央,岛岛皆丹壁。

俨然一城郭,村墟负落日。
居民久一姓,分房知几十。
矮檐左右比,小巷纵横出。
围之以高埔,数仞无罅隙。
时平绝盗贼,囷囷守犹昔。
谁能笑固陋,儒亦上珍席。
彼不愿偷光,何必劝凿壁。

吾车行绝巘,吾游尽一日。
结伴多诗人,篇章自可十。
忽逢飞瀑泉,银丝林际出。
山道屡逶迤,登顿缘涧隙。
其坦尽如砥,岂不以傲昔。
俯看暝色近,海陆如接席。
奇观慰平生,默诵苏赤壁。

## 谢彭醇士[①]赠画　廿五叠前韵

平生慕甘亭[②]，俪句堪炫日。
馀暋[③]及绘事，画水日计十。
尺缣[④]从云坠，雨洗新秋出[⑤]。
笔清了绝尘，浣我三余[⑥]隙。
一往既奔诣[⑦]，真趣迥迈昔。
山林何坦迤[⑧]，嘉卉[⑨]罗堂席。
明镜照无疲[⑩]，清光满蓬壁[⑪]。

注释：

① 彭醇士：（1896—1976）江西高安人。字素庵，号素翁，谱名康祺，易名粹中，因摹戴醇士而改取字醇士，并以行。早年就读于北平中国大学商科。历任正志中学教习、哈尔滨畜牧局局长、南昌教育图书馆馆长、心远大学教授、江西省政府参事、南昌行营秘书、立法委员。1949年随国民党去台湾后仍任立法委员，兼任大专院校教授及中文系主任。工书，擅画，精词章，画由宋元入手。

② 甘亭：清代僧人。江苏扬州人，居桃花庵。石庄重孙。与诗人朱筼善。画山水，得袁竹室（慰祖）传。

③ 馀暋：剩余的时间；闲暇。《周书·韦孝宽传》："遂使漳滏游魂，更存馀暋。"

④ 尺缣：长一尺的绢。《旧唐书·陆贽传》："德宗仓皇出幸，府藏委弃，凝冽之际，士众多寒，服御之外，无尺缣丈帛。"此指彭醇士的赠画。

⑤ 雨洗新秋出：唐·朱延龄《秋山极天净》诗："雨洗高秋出，天临大野闲。"

⑥ 三余：《三国志·魏志·王肃传》："明帝时大司农弘农、董遇等，亦历注经传，颇传于世。"裴松之注引三国魏鱼豢《魏略》："遇言：'〔读书〕当以三余。'或问三余之意。遇言'冬者岁之余，夜者日之余，阴雨者时之余也'。"后以"三余"泛指空闲时间。

⑦一往既奔诣：语出《世说新语·文学》："君（谢安）一往奔诣，故复自佳耳。"一向抓紧钻研。

⑧坦迤：形容山势平缓而连绵不断。南朝·宋·刘义庆《世说新语·言语》："林公见东阳长山曰：'何其坦迤。'"

⑨嘉卉：美好的花草树木。《诗·小雅·四月》："山有嘉卉，侯栗侯梅。"

⑩明镜照无疲：即明镜不疲。《世说新语·言语》："孝武将讲《孝经》，谢公兄弟与诸人私庭讲习。车武子难苦问谢，谓袁羊曰：'不问，则德音有遗，多问，又重劳二谢。'袁曰：'必无此嫌。'车曰：'何以知尔？'袁曰：'何尝见明镜疲于屡照，清流惮于惠风？'"明亮的镜子不为频繁地照人而疲劳，比喻人的智慧不会因使用而受损害。

⑪蓬壁：即蓬荜生辉。

**浅解：**

彭醇士之画宗耕烟散人王石谷，旁及宋元诸子，以山水为胜。布局绵密，笔墨洗练，一丘一壑，皆蕴飘逸灵秀之致。饶公在诗中赞扬彭画之绝尘脱俗，并对彭翁赠画表示由衷的感谢。

**简译**：平生心慕甘亭之画，俪句是可与日争辉。闲暇酷好绘画之事，创作山水笔耕不辍。您的赠画宛若从云间落至我前，犹如凉雨洗出新秋之明净。笔意超凡脱俗别了绝尘，排遣闲余旨趣浣濯我的心境。画作一往奔诣，真趣迥迈前贤。山林何其平缓开阔，美丽的花草树木散布台榭堂前。明镜不因频繁照人而疲劳，淡雅的风采令蓬荜生辉。

# 题龙宿郊民图①并寄杨联升②教授　廿六叠前韵

行都③尚妩媚，忆当南渡④日。
笼袖⑤载歌舞，吴儿⑥复十十。
羡彼太平人，娭⑦春渡头出。
兹图岂异此，肤寸⑧窃窥隙。
好事东维子⑨，陨涕⑩说畴昔⑪。
陈义既坚深，符采⑫纷盈席。
伊余⑬亦何为，卮言⑭徒向壁⑮。

教授撰《龙宿郊民解》，订董思翁之说。谓此四字应是"笼袖娇民"。余考杨维祯《送朱女士桂英滨史序》称：钱唐为宋行都，男女痛悄，尚妩媚，号"笼袖骄民"。陈眉公《太平清话》即袭此。"笼袖娇民"一语，南宋以来始用之，则斯图是否出于北苑，不无可疑也。近见沈寐叟《海日楼札丛》卷三，亦引元曲《公孙汗衫记》，以说"笼袖骄民"四字。

注释：

①龙宿郊民图：五代·董源的重要传世作品之一。
②杨联升：(1914—1990)，原名莲生，后以莲生为字；原籍浙江绍兴，生于河北保定。1937年毕业于清华大学经济系，1940年赴美就读于哈佛大学，1942年获哈佛大学硕士学位，1946年完成《晋书食货志译注》获博士学位。四十年代初，在哈佛习文史哲的中国留学生中，任华（西方哲学）、周一良（魏晋南北朝史）、吴于廑（世界史）、杨联升（中国史）四人皆风华正茂，而意气相投；周、杨二氏尤为英敏特出，当时胡适已有意延揽他们到北大以为己用。其后任、周、吴三人皆返国任教，三十年间运动相乘，政治逼人，周氏虽于劫后重拾旧业，终未臻大成；惟杨氏自有因缘，得以留在哈佛远东语文系执教，墙外开花，海外称雄，乃至有汉学界第一人之誉。
③行都：在首都之外另设的一个都城，以备必要时政府暂驻，称为"行都"。

④南渡：宋高宗渡长江迁于南方建都。《宋史·孝宗纪赞》："高宗以公天下之心，择太祖之后而主之，乃得孝宗之贤，聪明英毅，卓然为南渡诸帝之称首，可谓难矣哉。"

⑤笼袖：把两手相对伸入两袖中。五代·王定保《唐摭言·敏捷》："温庭筠烛下未尝起草，但笼袖凭几，每赋一咏一吟而已，故场中号为温八吟。"

⑥吴儿：吴（钱塘）地少年。

⑦娭：玩乐；嬉戏。

⑧肤寸：古长度单位。一指宽为寸，四指宽为肤。《公羊传·僖公三十一年》："肤寸而合。"何休注："侧手为肤，案指为寸。"

⑨东维子：杨维祯（1296—1370），字廉夫，号铁崖、东维子。元文学家、书法家。

⑩陨涕：流泪。《韩非子·外储说右上》："于是公有所爱者曰颠颉后期，吏请其罪，文公陨涕而忧。"

⑪畴昔：指往事或以往的情怀。《北史·郎茂传》："及隋文为丞相，以书召之，言及畴昔，甚欢。"

⑫符采：指文艺才华。南朝·梁·刘勰《文心雕龙·风骨》："才锋峻立，符采克炳。"

⑬伊余：自指，我。三国·魏·曹植《责躬诗》："伊余小子，恃宠骄盈。"

⑭卮言：亦作"巵言"。自然随意之言。一说为支离破碎之言。语出《庄子·寓言》："卮言日出，和以天倪。"成玄英疏："卮，酒器也。日出，犹日新也。天倪，自然之分也。和，合也……无心之言，即卮言也。是以不言，言而无係倾仰，乃合于自然之分也。又解：卮，支也。支离其言，言无的当，故谓之卮言耳。"后人亦常用为对自己著作的谦词，如《艺苑卮言》、《经学卮言》。

⑮向壁：即"向壁虚造"。指对着墙壁，凭空造出来。汉·许慎《说文解字·序》："乡壁虚造不可知之书，变乱常行，以耀于世。"此为饶公自谦之辞。

浅解：

　　饶公借诗意与杨联升教授探讨《龙宿郊民图》中"笼袖骄民"四字的正确写法和含义，诗歌涵盖了画作的风物描写以及饶公的考证举隅，委婉而义切地表达了对"笼袖骄民"四字写法的理解。

**简译**：钱塘行都崇尚妩媚柔情，让人追忆靖康南渡之时。骄民笼袖载歌载舞，吴地少年十五成群。羡慕太平盛世之人，河岸乘船嬉春而出。兹图表达与此何异，窥一斑而知全豹。好事的东维子，陨涕烦忧述说当年之事。陈说的道理坚深可信，文采烂然纷纷满席。我又能如何呢？所论说者也不过是向壁虚造的卮言而已。

## 陈槃庵①惠贶五华诗苑因题其书　廿七叠前韵

与君不同州，神交②累年日。
笔削③春秋旨，义例④穷五十。
昌诗⑤及梓桑⑥，异军⑦张纛⑧出。
佳篇纷络绎⑨，搜讨⑩喜乘隙。
乡旧⑪零落尽，鼙鼓⑫怆畴昔。
因忆层冰翁⑬，垂老不暖席⑭。
温风久怠时，蟋蟀空吟壁⑮。

（古直先生尝自梅县来书邀重返南华大学。）


注释：

①陈槃庵：陈槃，(1905—1999)，著名的历史学家。字槃庵，号涧庄，广东五华人。广州中山大学文学院国文系毕业，旋入中央研究院历史语言研究所，累升至研究员。1949年去台后，任台湾大学文学院教授、"中央研究院"院士、史语所第一组主任。其研治古史，思从旧籍阐发新识，并从事古谶纬之学、两周史地的研究，撰著颇丰。1999年初，陈槃在台大医院去世，享年95岁。
②神交：指彼此慕名而未谋面的交谊。元·刘南金《和黄溍卿客杭见寄》诗："十载神交未相识，卧淹幽谷恨羁穷。"
③笔削：《史记·孔子世家》："至于为《春秋》，笔则笔，削则削，子夏之徒不能赞一辞。"后因以"笔削"谓历史著作。
④义例：阐明义理的事例。晋·杜预《〈春秋经传集解〉序》："其经无义例，因行事而言。"
⑤昌诗：指陈槃庵所编之《五华诗苑》。
⑥梓桑：即桑梓。古代常在家屋旁栽种桑树和梓树。又说家乡的桑树和梓树是父母种的，要对它表示敬意。后人用"桑梓"比喻故乡。《诗·小雅·小弁》："维桑与梓，必恭敬止。"

⑦异军：另一支军队。比喻另外兴起的力量。《史记·项羽本纪》："异军苍头特起。"
⑧张纛：举纛树帜。纛，古代军队里的大旗。
⑨络绎：连续不断；往来不绝。《文选·马融〈长笛赋〉》："繁缛络绎，范蔡之说也。"李善注："辞旨繁缛，又相连续也。"张铣注："笛声繁多，相连不绝，如范雎、蔡泽之说辞也。"
⑩搜讨：谓深入研究探讨。《魏书·李琰之传》："吾所以好读书，不求身后之名，但异见异闻，心之所愿，是以孜孜搜讨，欲罢不能。"
⑪乡旧：同乡故旧。《后汉书·段颎传》："义从役久，恋乡旧，皆悉反叛。"
⑫鼙鼓：小鼓和大鼓。古代军所用；古代乐队也用。《周礼·春官·钟师》："掌鼙鼓缦乐。"此指战乱。
⑬层冰翁：古直（1885—1959），字公愚，号层冰，梅县梅南滂溪村人。自幼聪敏，负笈苦读，早慧有成。青年时加入中国同盟会，投身辛亥革命和讨袁护法等一系列活动。古直在参与社会变革以及从事教学的过程中，创办了梅县梅州中学、龙文公学、高要初级师范等学校。在任封川县、高要县县长期间，兴办教育、育苗造林、兴修水利，做过不少益于民生的事。古直辞官后，隐居庐山，研究国学，专心著述。后来，被聘为国立广东大学（随后改名为中山大学）文学教授，中文系主任，从事中文教育，执教十余年。解放后在广东省文史研究馆供职，并担任省政协委员。
⑭暖席：把席位坐热。指安居。《淮南子·修务训》："孔子无黔突，墨子无煖席。"
⑮温风久急时，蟋蟀空吟壁：《逸周书》："温风至。又五日，蟋蟀居壁。"

**浅解：**

陈翁所赠诗集，饶公欣喜万分，情重桑梓的诗作触发饶公的归思，可他乡羁旅，人在天涯，两鬓已白，往事回首只徒怆然而悲，心酸且无奈。

**简译：** 与君不在同一地区，素未谋面而神交已久，著书探讨《春秋》之旨趣，阐明义理叙述丰厚。推崇诗歌情重桑梓，举纛树帜异军突起。优美的诗文络绎不绝，乘着闲余之际深入研究探讨。同乡故旧零落殆尽，鼙鼓战乱追忆往昔。因忆当年层冰翁之邀，人之将老席不暇暖。温风久伏春夏而发，蟋蟀居壁徒劳啼鸣。

## 赤柱①访蜑家②　　廿八叠前韵

试作踏潮③歌，炎州④送月日。
提封⑤自成国，列樯譬井⑥十。
欲从丏烟波⑦，一濯秋阳出。
可闻长江礐，叩舡依岩隙。
顿有起予⑧兴，绸缪故胜昔。
回首招渔父，云山方侧席⑨。
永忆媚川池⑩，明珠夜照壁。

（唐子西诗言"闻蜑户叩舡作长江礐，欣然乐之"。秦淮海诗亦云"试问池边蜑"，"岂无明月珠"，兹用其语。）

注释：

①赤柱：位于香港岛的最南端，在浅水湾的东面和石澳的西面，是著名旅游景点，它自成一体，充满异域风情。
②蜑家：是广东、广西、福建、海南和浙江一带，另一种以船为家的渔民。属于同化汉族，是一支独特且濒临消失的民系。由于他们经常生活在游船上，他们的脚同生活在陆地上的人略有差别。
③踏潮：犹沓潮。谓潮水重叠而至。唐·刘禹锡《踏潮歌》："屯门积日无回飙，沧波不归成踏潮。"踏，一本作"沓"。
④炎州：《楚辞·远游》："嘉南州之炎德兮，丽桂树之冬荣。"后因以"炎州"泛指南方广大地区。
⑤提封：通共；大凡。《汉书·刑法志》："一同百里，提封万井。"王先谦补注引王念孙曰："《广雅》曰：'提封，都凡也。'都凡者，犹今人言大凡，诸凡也……都凡与提封一声之转，皆是大数之名。提封万井，犹言通共万井耳。"此指以船作为疆域。
⑥井：相传古制八家为井。引申为人口聚居地。
⑦丏烟波：唐子西（唐庚）《夜闻蜑户叩船作长江礐，欣然乐之，殊觉有起

予之兴，因念涪上所作招渔父词，非是更作，此诗反之示舍弟端孺》诗："晚落炎州磨岁月，欲从诸蜑丐烟波。"
⑧起予：《论语·八佾》："子曰：'起予者，商也，始可与言《诗》已矣。'"何晏集解引包咸曰："孔子言子夏能发明我意，可与共言《诗》。"后因用为启发自己之意。
⑨侧席：指谦恭以待贤者。《后汉书·章帝纪》："朕思迟直士，侧席异闻。"李贤注："侧席，谓不正坐，所以待贤良也。"
⑩媚川池：香港除了舟楫，尚有渔盐之利，自古即为当地经济支柱。至迟从南汉开始，香港就成为我国重要采珠基地。南汉主在此设"媚川都"，派兵驻守，监视专业户采珠。采珠地点在今新界大埔一带，称"媚川池"。

浅解：

蜑户采珠捕鱼辛苦万分，以江海船舶为家，居无定所，蜑民溺死或为鲨鱼所害时有发生。此诗写尽渔民的疾苦，却不露半点悲情。饶公将蜑户各种辛酸融入诗中，汇成一曲渔家踏潮之歌。当年的蜑户如今依山傍海，叩舡作长江磲，享受渔家之乐。生活朝气蓬勃，欣欣向荣。他们的经历值得人们赞扬，他们的生活值得人们尊重。

**简译**：尝试赋作踏潮之歌，居于南地送迎日月，提封船身自成疆域，帆樯林立譬如万井，欲从诸蜑共享雾霭烟波，河边洗濯坐看秋阳弄影。聆听蜑户作长江磲，依岩隙叩船而唱。顿时心血如潮涌，情感绸缪胜于往昔。回首闲招渔父共游，云山莫不侧席而坐。追忆采珠媚川池，明月之珠夜照其壁。

## 屯门①晚望　廿九叠前韵

屯门曷②曾高，青山缭白日。
波涛汩没③处，舟楫④犹百十。
南荒⑤驱鳄⑥来，未闻经此出。
昏昏幻蜃气⑦，拍天水无隙⑧。
往事忽如烟，龙户⑨空话昔。
归津⑩望断陇⑪，穷发⑫展片席。
自崖⑬意云遥⑭，孤云生暮壁。

（韩诗"屯门虽云高，亦映波浪没"。公赴潮州，实未经此，观增江口一诗可证。）

注释：

① 屯门：古时又称团门、段门，位于香港新界西北部，是香港的新市镇之一，北至兆康苑、东至龙珠岛、西至龙鼓滩，中间有屯门河穿过，是屯门区的中心区域及最重要组成部分。
② 曷：何。
③ 汩没：淹没。唐·元稹《遭风二十韵》诗："浸淫沙市儿童乱，汩没汀洲雁鹜哀。"
④ 舟楫：《诗·卫风·竹竿》"桧楫松舟"毛传："楫所以櫂舟，舟楫相配，得水而行。"后以"舟楫"泛指船只。
⑤ 南荒：指南方荒凉遥远的地方。《晋书·陆机传》："辎轩骋于南荒，冲輣息于朔野。"此指潮州。
⑥ 驱鳄：《旧唐书·韩愈传》："初，愈至潮阳，既视事，询吏民疾苦，皆曰：'郡西湫水有鳄鱼，卵而化，长数丈，食民畜产将尽，于是民贫。'居数日，愈往视之，令判官秦济炮一豚一羊，投之湫水……祝之夕，有暴风雷起于湫中。数日，湫水尽涸，徙于旧湫西六十里。自是潮人无鳄患。"记载韩愈驱鳄、祭鳄之事。

⑦蜃气：亦作"蜄气"。一种大气光学现象。光线经过不同密度的空气层后发生显著折射，使远处景物显现在半空中或地面上的奇异幻象。常发生在海上或沙漠地区。古人误以为蜃吐气而成，故称。《史记·天官书》："海旁蜄气象楼台，广野气成宫阙然。"

⑧拍天水无隙：屯门湾三面环山，是天然的避风港。在轮船未发明之前，无论对内的沿海交通，或对外的远洋航行，都以帆船为主，行驶常受季候风所支配，屯门的地理位置，紧扼广东珠江口外交通要冲，凡是波斯、阿拉伯、印度、中南半岛及南洋群岛等地人士，经由海路到中国贸易的，多会乘夏季西南风发之便，向东北航行，抵达中国海后，先集合于屯门，然后才驶入广州等地。

⑨龙户：旧时南方的水上居民。也称蜑户、疍户。唐·韩愈《送郑尚书赴南海》诗："衙时龙户集，上日马人来。"钱仲联集释："朱翌曰：'龙户，即蜑户也。'曾三异曰：'只有三姓，曰杜，曰伍，曰陈，相为婚姻。'"

⑩归津：回港。津，津渡，渡水码头。

⑪断陇：高山。

⑫穷发：极北不毛之地。《庄子·逍遥游》："穷发之北有冥海者，天池也。"成玄英疏："地以草为毛发，北方寒沍之地，草木不生，故名穷发，所谓不毛之地。"此指荒凉之地。

⑬自崖：即"自崖返"。《庄子·山木》："君其涉于江而浮于海，望之而不见其崖，愈往而不知其穷。送君者，皆自崖返，君自此远矣。"

⑭意云遥：即意遥。"云"为语气助词，无实义。

浅解：

屯门景色清佳，暮色泛情，引起了饶公一连串的联想，从韩公之诗的考证，至晚归渔船之景，无不彰显其感情的细腻，心境的平淡。

**简译**：屯门山何曾高险，青山簇拥着白日。回伏而涌出之波涛，百十舟楫浮于其上。当年韩愈谪居潮州，实未经此屯门。蜃气昏昏变幻莫测，水光接连于天际。悠悠往事如梦如烟，渔户闲话昔时。傍晚望山叩船而归，于荒凉之地展席而卧。自崖而返思绪遥深，夜幕降临孤云暗生于峰壁。

## 送吉川幸次郎教授①东归　三十叠前韵

障川②知有谁，横流③到今日。
寥寥青灯下，可语难过十。
欲辩久忘言④，真意酒后出。
罕闻塞源论⑤，只见蹈隅隙⑥。
天下裂⑦堪忧，楹书⑧徒梦昔。
雨旸⑨苦不定，羁旅欣促席⑩。
看君返自崖，飓风犹啸壁。

注释：

①吉川幸次郎教授：字善之，号宛亭，日本神户人。吉川幸次郎是文学博士，国立京都大学名誉教授，东方学会会长，日本艺术院会员，日本中国学会评议员兼专门委员，日本外务省中国问题顾问，京都日中学术交流座谈会顾问，日中文化交流协会顾问，中国文学和历史研究家。
②障川：唐·韩愈《进学解》："障百川而东之，回狂澜于既倒。"
③横流：大水不循道而泛滥。《孟子·滕文公上》："当尧之时，天下犹未平，洪水横流，泛滥于天下。"后常指动乱。
④欲辩久忘言：晋·陶渊明《饮酒》其五："此中有真意，欲辨已忘言。"言则不遍而有遗漏，倒不如任其自然，不言而体会其意境。
⑤塞源论：拔本塞源，拔起树根，塞住水源。比喻防患除害要从根本上打主意。《左传·昭公九年》："伯父若裂冠毁冕，拔本塞原，专弃谋主，虽戎狄其何有余一人。"明·王阳明《传习录·答顾东桥书》有"拔本塞源论"。
⑥蹈隅隙：利用空隙。隅隙，《淮南子·说山训》："受光于隙照一隅，受光于牖照北壁。"后以"隅隙"指很狭小的地方。
⑦天下裂：《庄子·天下》："道术将为天下裂。"
⑧楹书：《晏子春秋·杂下三十》："晏子病，将死，凿楹纳书焉，谓其妻曰：'楹语也，子壮而示之。'"后因以"楹书"指遗言、遗书。

⑨雨旸：语本《书·洪范》："曰雨，曰旸。"谓雨天和晴天。
⑩促席：坐席互相靠近。《文选·左思〈蜀都赋〉》："合樽促席，引满相罚。乐饮今夕，一醉累月。"李善注："东方朔六言诗曰：'合樽促席相娱。'"

**浅解：**

  与吉川君促席论诗，抛却国界与成见，结成忘年之交。往事历历在目，如今吉川君要回归故里，饶公难掩离别之悲，万般情愁无法言说。唯有借诗歌表达内心"真意"，再续情缘。

  **简译**：谁能障百川而东之？川水横流至今日。寥寂的青灯疏影下，万般别情说不出。想要辩说却已忘却，真意酒后自然流出。罕闻拔本塞源之论，唯见利用漏洞钻营之人。天下道术分裂令人忧愁，遗留的只有对从前的眷念追梦。阴晴无法预料，羁旅欣有君之相伴。如今看君返回故里，飓风啸壁难掩离忧。

## 再答叔雍　三十一叠前韵

寒暑恣推移，流人①不惜日。
吟思比春蒐②，禽一乃窜十③。
晨起搴帷④望，卷舒⑤风云出。
妙句可上口，杜宇⑥响山隙。
芳草信有时，佳兴未改昔。
观海意溢海⑦，群鸥竞入席。
万里欲赓歌⑧，重与筑诗壁。

（叔雍来诗有"杜鹃揽山隙"之句。）


注释：

①流人：离开家乡，流浪外地的人。汉·桓宽《盐铁论·执务》："天下安乐，盗贼不起；流人还归，各反其田里。"
②春蒐：帝王春季的射猎。《左传·隐公五年》："故春蒐、夏苗、秋狝、冬狩，皆于农隙以讲事也。"杜预注："蒐，索，择取不孕者。"
③禽一乃窜十：谓吟思抓住一而丢失掉十。禽同擒。
④搴帷：撩起帷幕。三国·魏·曹植《弃妇诗》："搴帷更摄带，抚弦弹鸣筝。"
⑤卷舒：卷起与展开。唐·韩愈《符读书城南》诗："灯火稍可亲，简编可卷舒。"
⑥杜宇：杜鹃别名。
⑦观海意溢海：南朝·梁·刘勰《文心雕龙·神思》："登山则情满于山，观海则意溢于海。"
⑧赓歌：指赓续其诗。

浅解：

此诗为和诗，针对赵诗有意而发，对来诗呼应的同时展现自己的心态和想法，寒暑更替，只有离家之人才能感同身受。思绪纷扰，唯有假借诗歌，表达自己的忧思，寄托自己的情感，换得一时之快。

**简译**：寒暑任意推移岁月更替，离家之人不惜日短。吟思如若春季狩猎，抓住其一而失掉其十。清晨撩起帷幕远望，大风卷起白云舒展。妙句琅琅而上口，杜鹃啼鸣响彻山隙。芳草节律而有时令，佳兴未曾更变，观海而情溢于海，群鸥争相飞入我席。万里还要再和君诗，与君共筑诗壁再战一轮。

## 寄棪斋①伦敦　三十二叠前韵

海角久滞书，真同隔天日。
拙编②劳挂齿，繙③阅胡至十。
神物④惊知己，曳尾污泥出⑤。
相守短檠灯⑥，揩床⑦固墙隙。
卜官废已久，缒幽⑧穷曩昔。
荆公⑨老作赋，文仲⑩许分席。
坠献不足征⑪，看取蜗书⑫壁。

（李棪自伦敦来书谓海外读拙作《殷代卜人通考》至于十遍不遗一字者，惟彼一人，诗以致谢。荆公有《同王濬贤良赋龟诗》，故及之。）

注释：

①棪斋：李棪，又名棪斋，祖籍顺德，为李文田（1834—1895）长孙。曾在英国大学任教十余年，回港后任香港中文大学教授兼中文系主任，直至七十岁退休。
②拙编：指《殷代卜人通考》。
③繙：同"翻"。
④神物：神灵、怪异之物。《易·系辞上》："探赜索隐，钩深致远，以定天下之吉凶，成天下之亹亹者，莫大乎蓍龟。是故天生神物，圣人则之。"此指龟，殷代占卜用的龟壳。代指殷代卜人研究。宋·王安石《同王濬贤良赋龟得升字》诗："昔人宝龟谓神物，奉事槁骨尤兢兢。"
⑤曳尾污泥出：指出土的殷代文物。原典故出自《庄子·秋水》："庄子持竿不顾，曰：'吾闻楚有神龟，死已三千岁矣，王巾笥而藏之庙堂之上。此龟者宁其死为留骨而贵乎？宁其生而曳尾于涂中乎？'二大夫曰：'宁生而曳尾涂中。'"涂，污泥。原典比喻与其显身扬名于庙堂之上而毁身灭性，不如过贫贱的隐居生活而得逍遥全身。

⑥短檠灯：矮灯架的小灯。唐·韩愈《短灯檠歌》："一朝富贵还自恣，长檠高照珠翠；吁嗟世事无不然，墙角君看短檠弃。"

⑦揩床：揩床龟，古代传说的支床之龟。《史记·龟策列传》："南方老人用龟支床足，行二十余岁，老人死，移床，龟尚生不死。"《太平广记》卷二七一引唐无名氏《传载·张氏》："燕文贞公张说，其女嫁卢氏，尝为舅求官，候父朝下而问焉，父不语，但指揩床龟而示之。女拜而归室，告其夫曰：'舅得詹事矣。'"亦省作"揩龟"。

⑧縋幽：缘绳下坠于幽深之处。清·魏源《天台纪游》诗之二："縋幽阴平师，凿险吕梁斧。"

⑨荆公：宋·王安石（1021—1086），字介甫，号半山，谥文，封荆国公。世人又称王荆公。北宋抚州临川人（今江西省东乡县上池村人），中国历史上杰出的政治家、思想家、文学家、改革家，唐宋八大家之一。

⑩文仲：指臧文仲。《论语·公冶长》："子曰：'臧文仲居蔡，山节藻棁，何如其知也。'"居：藏。蔡：大龟。

⑪坠献不足征：《论语》："子曰：'夏礼吾能言之，杞不足征也；殷礼吾能言之，宋不足征也。文献不足故也。足，则吾能征之矣。'"

⑫蜗书：指古文字。因屈曲如蜗涎痕，故称。明·周应治《霞外麈谈·感通》："时取古人妙迹，以观鸟篆蜗书。"

浅解：

得知棪斋对自己的著作翻阅十遍而不遗一字，饶公甚为惊喜，借王安石《同王浚贤良赋龟得升字》诗意向棪斋致谢，诗歌引经据典，既体现了饶公对棪斋的情谊，也表达了对殷代甲骨研究的看法。

**简译**：海角天涯音书久滞，相离万里真如隔天日。拙作劳君挂齿，翻阅十遍不遗一字。上古神物令知己惊喜，如龟曳尾而出于污泥之中。相守于短檠灯下，用龟甲支床足牢固墙壁。占卜官名的研究荒废已久，只能深入探索考证往昔。王荆公老来赋作龟诗，臧文仲藏龟似可分一席，殷代文献贫瘠难征，古人之妙仍需观鸟篆蜗书。

## 下大屿山遇暴风雨涧水陡涨追记六首　三十三至三十八叠前韵

一雨不肯休，凌晨终丧日①。
登山吾久祷，佛龛②且合十。
凤岭③近失踪，未见樵人出。
空濛迷百里，天海无寸隙。
草木多活意，华滋④不异昔。
喧豗⑤烟瀑外，挟我登滟席。
破胆怯闻雷，昨宵苦撼壁。

注释：

① 丧日：此指下雨，没有太阳。
② 佛龛：指佛寺。《说郛》卷六十引宋·无名氏《鸡林志·佛龛》："龟山有佛龛，林木益邃，传云罗汉三藏行化至此涤齿。"
③ 凤岭：大屿山凤凰山麓。
④ 华滋：形容枝叶繁茂。《古诗十九首·庭中有奇树》："庭中有奇树，绿叶发华滋。"
⑤ 喧豗：形容轰响。唐·李白《蜀道难》诗："飞湍瀑流争喧豗，砯崖转石万壑雷。"

浅解：

　　大屿山遭遇暴雨本是煞风景之事，饶公却能从其中体悟乐趣。雨天山景更胜昔时，草木清新，山雨挟游，烟瀑顺耳，雷声惊心。直追当年东坡翁"一蓑烟雨任平生"之恬然心境。

　　**简译**：暴雨不停歇，凌晨却不见太阳。登山我已而长久祈祷，路逢佛寺且合十叩拜。凤岭虽近却难辨其踪迹，未见樵夫出没。烟雨迷茫笼罩百里之地，云海缜密填满浩渺之天。草木尽显清新活力，枝叶繁茂不异昔时。飞湍瀑流声响烟外，挟我共赏滟潋之景。昨夜心惊胆战，雷声轰鸣震撼墙壁。

沐雨缘山行，偷天讶换日。
崩土等危丸①，凝注者累十②。
峰转顿无路，忽泻惊洪出。
不知何所诣，死生付绝隙。
褰裳③厉之过④，步履似平昔。
固知岩墙下，何曾非衽席⑤。
安危系一心，前路皆竦壁。

注释：

①危丸：危若累卵，比喻形势非常危险，如同堆起来的蛋，随时都有塌下打碎的可能。西汉·刘向《战国策·秦策四》："当是时，魏危于累卵，天下之士相从谋。"
②凝注者累十：晋·支遁《咏禅思道人》诗："承蜩累危丸，累十亦凝注。"凝注，凝聚，聚结。
③褰裳：撩起下裳。《诗·郑风·褰裳》："子惠思我，褰裳涉溱。"
④厉之过：连衣涉水渡河而过。《诗经·邶风·匏有苦叶》："深则厉，浅则揭。"厉：连衣涉水。
⑤衽席：安身之处。

浅解：

　　大屿山暴雨滂沱，洪水阻路，崖壁崩塌，险象环生。即便如此，饶公依旧从容前行，坦然面对困境，宛若平昔。从诗中可窥探饶公面对人生困境的从容自在、勇往直前的积极心态。

**简译**：冲风沐雨缘山徐行，惊讶风雨偷天换日。崩塌的土石等若危丸，行路常常需屏气凝神小心谨慎。峰回路转山道阻隔，洪水泛涨忽然倾泻而出。令登行之人不知所措，且将生死托付这绝崖壁隙。撩起衣带从容涉水而过，步伐轻盈如同平昔。固知岩墙之下，亦有安身之地。安危系于一心，前路仍旧坎坷。

谁作米家山①，泼墨遮云日。
披麻②复解索③，变化何止十。
游心④大化⑤中，妙笔与争出。
于兹悟至理，无劳钻穴隙⑥。
古人骨已朽，披图梦夙昔。
何如真山水，日日供案席⑦。
取舍自吾侪⑧，寻幽且搏壁。


注释：

①米家山：米芾与其子米友仁，世称"二米"，或"大小米"。米氏父子，为我国宋代著名书画家。"米家山水"是指由他们共同创立的，用湿笔水墨写意来表现江南烟云变幻景色的画风。画史上称为"云山墨戏"，又称"米氏云山"或"米点山水"。

②披麻：中国画山石皴法之一种。又称麻皮皴。因所绘山石脉理如披麻，故名。其法创于唐·王维，南唐·董源多用之，为中国画南宗的画法。清·龚贤《画诀》："皴法名色甚多，惟披麻、豆瓣、小斧劈为正经。"

③解索：是披麻皴的变法，行笔屈曲密集，如解开的绳索，故名解索皴。元代山水大家王蒙喜用此法，清代王概说他是"用古篆隶法杂入皴中，如金钻镂石，鹤嘴划沙"。故"尖而不稚，劲而不板，圆而不成毛团，方而不露圭角"。

④游心：浮想骋思。明·陶宗仪《辍耕录·叙画》："凡画，气韵本乎游心，神采生于用笔，意在笔先，笔周意内，画尽意在，像应神全。"

⑤大化：指宇宙，大自然。三国·魏·曹植《九愁赋》："嗟大化之移易，悲性命之攸遭。"

⑥无劳钻穴隙：《孟子》："曰：'丈夫生而愿为之有室，女子生而愿为之有家；父母之心，人皆有之。不待父母之命、媒妁之言，钻穴隙相窥，逾墙相从，则父母国人皆贱之。古之人未尝不欲仕也，又恶不由其道。不由其道而往者，与钻穴隙之类也。'"原意指光明磊落走正道，不要"钻穴隙之类"的好。此指天然去雕饰。

⑦供案席：供玩家案头珍玩。

⑧吾侪：我辈。《左传·宣公十一年》："吾侪小人，所谓取诸其怀而与之也。"

浅解：

　　江山如画，饶公骋思浮想，将内心的真情实感自然地诉诸笔端，景生情而情生景，达到情景相生，物我两忘之境。"取舍自吾侪"亦告知众人要有善于发现美的眼光，有自得其乐的心境。

　　简译：是谁作此米家山水？水墨挥洒遮蔽云日。脉理披麻复解索，变化多端姿态各异。浮想骋思于大化之中，妙笔丹青争相呈现。从中悟得深微至理，无需钻穴隙相窥。古人骨已朽败，而今只能睹物追昔。何如眼前的真山真水，天天供在我的案席之前。取舍皆由吾辈，搏壁傍崖寻求幽胜。

下山更遭风①，岂真无宁日。
山海尽颠蹶②，前趋一仆十。
扑面如受鞭，陷泥久不出。
林卉既停偃，水火岂构隙③。
胡为不先后，安排疑宿昔④。
持伞履此山，飞廉⑤竟倒席。
天其畀⑥诗人，高歌夸绝壁。


注释：

①遭风：遇风。《六部成语注解·户部》："遭风，舟行遇风也。"

②颠蹶：动荡不平貌。宋·秦观《海康书事》诗之九："怒号兼昼夜，山海为颠蹶。"

③林卉既停偃，水火岂构隙：前蜀·杜光庭《墉城集仙录》："水火结隙，林卉停偃。"构隙，造成裂痕。指结怨。《北史·新罗传》："新罗地多山险，虽与百济构隙，百济亦不能图之也。"

④宿昔：从前；往日。《史记·平津侯主父列传》："朕宿昔庶几获承尊位，惧不能宁，惟所与共为治者，君宜知之。"

⑤飞廉：风神。一说能致风的神禽名。《楚辞·离骚》："前望舒使先驱兮，后飞廉使奔属。"王逸注："飞廉，风伯也。"洪兴祖补注："《吕氏春秋》曰：'风师曰飞廉。'应劭曰：'飞廉，神禽，能致风气。'"

⑥畀：赐与。《书·洪范》："帝乃震怒，不畀洪范九畴。"孔传："畀，与。"

浅解：

　　山中遇雨，下山尤为艰难。寒风刺骨，脚陷淤泥，各种倒霉之事皆让饶公遇上，令他懊恼不堪。诗中写尽极端天气的艰险，结尾还不忘调侃一番：难得遭遇的鬼天气让我有幸遇上，正好让我诗兴大发，歌咏这可怜又美好的时刻。体现其豁达的心胸和积极的人生态度。

　　**简译**：下山更遭遇狂风，岂真是毫无宁日可言。尽显排山倒海之威，前行异常困难。脸面如受鞭笞，脚下久陷淤泥难以拔出。山林嘉卉停止生长，若水火之不相兼容。任性胡为无法预料，原本的准备皆被打乱。撑伞经过此山，风伯飞廉从中作梗。上天给我个好的机会，歌咏寸步难行的绝境。

沿坡觅行车，艰阻①如追日。
泥潦不可步，草树九坼②十。
众涧会成河，轮入不能出。
水势何汤汤③，方割④崩崖隙。
下车挽不进，骤雨未减昔。
余寒⑤战我齿，湿地焉可席。
行路竟尔⑥难，雨丝犹喷壁。

注释：

①艰阻：艰难险阻。汉·蔡琰《胡笳十八拍》："寻思涉历兮多艰阻，四拍成兮益凄楚。"
②坼：裂开。
③汤汤：水流盛大貌。《书·尧典》："汤汤洪水方割，荡荡怀山襄陵，浩浩滔天。"孔传："汤汤，流貌。"
④方割：普遍为害。《书·尧典》："汤汤洪水方割，荡荡怀山襄陵，浩浩滔天。"孙星衍疏："是方割为溥害也。"
⑤余寒：残余的寒气。唐·杜甫《题张氏隐居》诗之一："涧道余寒历冰雪，石门斜日到林丘。"

⑥竟尔：竟然如此。

浅解：

此诗继续描绘饶公下山不堪的遭遇。大雨滂沱，车轮陷于淤泥，可谓是落魄到了极致。诗中用极其强烈的画面感冲击着读者的感官系统，令人身临其境，感同身受。

**简译**：沿山坡徐行觅车，艰难的程度直如夸父逐日。山路泥泞举步维艰，草树饱受摧残坼裂。众多小涧汇成巨流，车轮深陷无法自拔。水势如此浩荡，足以令崖壁崩蹦。推车而挽不进前，狂风骤雨势不见弱。寒气令我牙齿打颤，潮湿的境地无处安身。山道竟如此难行，大雨还在击打着岩壁。

　　　　挟筴①共登山，本以销长日。
　　　　看山如读画，一行目常十②。
　　　　夏雨不饶人，驱我荒山出。
　　　　惊瀑悬百丈，度越③穿林隙。
　　　　前山忽异态，转瞬判今昔④。
　　　　上苍旋作美⑤，雨霁俾逃席⑥。
　　　　归来喜无恙，剪纸急烘壁。

注释：

①挟筴：亦作"挟策"。满怀兴致。清·龚自珍《己亥杂诗》之二一："书生挟策成何济，付与维南织女愁。"
②一行目常十：即一目十行。形容阅读的速度极快。语本《梁书·简文帝纪》："读书十行俱下。"
③度越：犹超过。《汉书·扬雄传下》："今扬子之书文义至深，而论不诡于圣人，若使遭遇时君，更阅贤知，为所称善，则必度越诸子矣。"
④今昔：往昔；过去。明·刘基《忆秦娥》词："繁华过眼成今昔，沧波浩渺空潮汐。"
⑤上苍旋作美：指天公作美，不久就放晴。
⑥逃席：宴会中途不辞而去。唐·元稹《黄明府诗》序："有一人后至，频

犯语令,连飞十二觥,不胜其困,逃席而去。"

浅解:

  此诗为大屿山遇雨的最后一首诗歌,诗中对此次行程进行总结,经历如此扫兴之事,回到家中,不禁感叹:还是自家舒服。遇雨遭罪的经历多数人皆有感触,诗中给人以一种强烈的代入感,在真实、简单的事迹中体现饶公对生活的细腻捕捉。

  **简译**:兴致满怀登山赏景,本打算度过闲暇一日。观赏群山如览佳画,常有一目十行的快感。夏日骤雨不饶路人,令我狼狈不堪扫兴而归。百丈悬崖忽成雨瀑,翻遍山地穿越林隙。眼前的山峦忽呈奇姿异态,转瞬之间与往昔判若两途。幸好天公作美很快就放晴,乘着雨隙中途辞归。归来庆幸自己并无大碍,剪纸燃火烘烤取暖。

## 题范宽[①]秋山行旅图　三十九叠前韵

滨虹[②]老作画，黑如云掩日。
宋缣[③]原自尔，彼黑乃倍十。
岂效董思翁[④]，意从思白出。
密林何茂蒨，妙在露微隙。
欲为黑白论[⑤]，执今以御昔[⑥]。
但看苍茫间，崇山势压席。
且挹[⑦]百丈泉，溉我四立壁[⑧]。

　　滨虹晚岁论画力求黑，余戏谓此论乃从董玄宰思白之说悟出，今观范中立《溪山行旅图》，其黑处实分五色，乃知作画亦贵知白守黑，非仅一黑字所能了也。

注释：

①范宽：生卒年月不详，据画史记载，他生于五代末，本名中正，字中立（又作仲立），北宋山水画家，生活于北宋前期，名列北宋山水画三大名家之一。陕西华原（今耀县）人。因为他性情宽厚，不拘成礼，时人呼之为"宽"，遂以范宽自名。《溪山行旅图》（现藏台北故宫博物院），绢本，水墨，纵206.3厘米，横103.3厘米。

②滨虹：黄宾虹（1865—1955），原籍徽州府歙县，出生于浙江金华。原名懋质，名质，字朴存、朴人，亦作朴丞、劈琴，号宾虹，别署予向、虹叟、黄山山中人等。中国近现代美术史上的开派巨匠，有"千古以来第一的用墨大师"之誉。

③宋缣：宋代的缣画。此指范宽的《溪山行旅图》。

④董思翁：董其昌（1555—1636），明代官吏、书画家。字玄宰，号思白、香光居士。

⑤黑白论：即作画贵知白守黑。

⑥执今以御昔：《老子》："执古之道，以御今之有。"

⑦挹：舀，把液体盛出来。
⑧四立壁：指家徒四壁。宋·黄庭坚《寄黄几复》诗："持家但有四立壁，治病不蕲三折肱。"

浅解：

此诗简谈画法，叙述了黄宾虹作画用墨的真意，从范宽画法之中悟得知白守黑的道理。结尾之处转笔描绘《秋山行旅图》真实生动、磅礴逼人的气势。

**简译**：宾虹晚岁作画，用墨黑如乌云遮日。宋画本已有此作法，宾虹用黑更十倍于宋画。岂是效法董玄宰，从其论说悟得此法。山林茂盛何其茂蒨，微隙之处现其妙意。作画亦贵知白守黑，执今之道以御昔日之论。且看画中的苍茫之景，崇山峻岭气势逼人。从中挹取百丈之泉，洗濯我家中四壁。

## 题秋山问道图① 　四十叠前韵

巨师②水墨间，坐对辄移日③。
一峰何葱郁，矾头④不止十。
老衲⑤破庵前，未敢呼之出。
钟声落上方，隐隐度林隙。
即此⑥窥神理，泯然⑦契今昔。
何苦规倪黄⑧，自蹑北宋席。
少豁胸中尘，日日张粉壁⑨。

注释：

① 秋山问道图：巨然，中国五代南唐、北宋画家，僧人。原姓名不详，生卒年不详，钟陵（今江西进贤县）人，一说江宁（今江苏南京）人。代表作《秋山问道图》是一幅秋景山水画。

② 巨师：即巨然。

③ 移日：移动日影。指不很短的一段时间。《穀梁传·成公二年》："相与立胥间而语，移日不解。"

④ 矾头：山水画中山顶的小石堆。形如矾石，故名。宋·米芾《画史·唐画》："巨然少年时多作矾头。"

⑤ 老衲：年老的僧人。唐·戴叔伦《题横山寺》诗："老衲供茶碗，斜阳送客舟。"

⑥ 即此：就此；只此。唐·韩愈《秋怀诗》之五："庶几遗悔尤，即此是幽屏。"

⑦ 泯然：辽阔貌。亦形容胸襟开阔。《列子·汤问》："其有所触也，泯然无际。"

⑧ 倪黄：明末并称"倪黄"的书家倪元璐、黄道周。

⑨ 粉壁：指白色墙壁。唐·李白《同族弟金城尉叔卿烛照山水壁画歌》："高堂粉壁图蓬瀛，烛前一见沧洲清。"

浅解：

　　唐宋间，禅宗盛行，南方山水画派崇尚"平淡天真"。观巨然之画，令人幽情思远，如睹异境，平淡而趣高。正如饶公所说，可"豁胸中尘"，空灵流荡。

　　**简译**：巨然之山水水墨画，侧身坐往往一天不知不觉便过去了。山峰如此的葱郁，卵石重叠于山头。老衲于破旧茅屋前，庵门洞开呼之欲出。钟声缠绕于群山之上，隐隐穿过丛林之隙。就此问道窥见神理，泯然旷达求古契今。何须苦苦效法倪黄之风，不如直追北宋之意。稍稍涤荡胸中尘俗，日日领略粉壁之雅画。

## 题郭熙早春图① 四十一叠前韵

晴川②矗瑞松，群壑争初日。
吾意在荒远，条风③拂里十。
云树依嵚岑④，时见层楼出。
春归一何早，鹌鹑⑤喧林隙。
氤氲⑥笼尺幅，滋味信如昔。
休作无李论⑦，即此可夺席⑧。
高致增吾狂，且醉亭间壁。

注释：

① 郭熙早春图：郭熙（1023—约1085），北宋画家。字淳夫，河阳温县（今河南孟县以东）人。郭熙现存的作品有《早春图》、《幽谷图》、《关山春雪图》、《窠石平远图》、《溪山秋霁图》等。
② 晴川：晴天下的江面。唐·崔颢《黄鹤楼》诗："晴川历历汉阳树，芳草萋萋鹦鹉洲。"
③ 条风：东北风。一名融风，主立春四十五日。《山海经·南山经》："〔令邱之山〕其南有谷焉，曰中谷，条风自是出。"郭璞注："东北风为条风。"
④ 嵚岑：指高峻的山峰。清·成鹫《登太科峰顶》诗："爱山登陟不辞劳，直上嵚岑振敝袍。"
⑤ 鹌鹑：鸟名，似鸠，身黑尾长而有冠，春分始见，凌晨先鸡而鸣，俗称催明鸟。唐·韩偓《春恨》诗："残梦依依酒力余，城头鹌鹑伴啼乌。"
⑥ 氤氲：迷茫貌；弥漫貌。三国·魏·曹植《九华扇赋》："效虬龙之蜿蝉，法虹霓之氤氲。"
⑦ 无李论：李成的绘画在北宋时极受重视，开封的王公贵戚竞相请他作画，但李成志节高迈，不为权势所动，故其画甚不易得。李成死后画名益著，其孙李宥任开封尹时，以重金收购李成作品，北宋皇帝中神宗、徽宗等尤酷爱李成画，刻意搜访，遂造成李成真迹稀少，而赝品却大量流传。北宋米芾自谓平生曾见李成画三百本，而其中只有两件是真迹，因而欲作"无

李论"。由此也可看到李成的绘画受到社会欢迎和赏识的程度。

⑧夺席：《后汉书·儒林传上·戴凭》："正旦朝贺，百僚毕会，帝令群臣能说经者更相难诘，义有不通，辄夺其席，以益通者。凭遂重坐五十余席。故京师为之语曰：'解经不穷戴侍中。'"后因谓成就超过他人为"夺席"。

浅解：

冬去春来，大地复苏，山间浮动雾气。远处山峦耸拔，气势雄伟；近处圆岗层叠，山石突兀；桥路楼观掩映于山崖丛树。在水边、山间活动的人们为大自然增添了无限的生机。即是郭熙早春图给人们的景象。独特的技法风格和鲜明的艺术特色令人痴狂，足以证明北宋绘画艺术的精湛。

**简译**：瑞松环绕于晴日的江边，群壑沐浴着初阳。吾意悠然而远，十里东风尽柔情。天长云树依峻峰，桥路楼观掩映其中。春天来得如此的早，鹎鹈喧鸣于林隙。氤氲之气笼罩于尺幅，时光流逝滋味依旧。休要妄作"无李"之论，凭此图即可超越他人。高雅的致趣令我痴狂，且让我于亭壁间一醉方休。

## 赠立声① 四十二叠前韵

识君在乱离②,琴言每竟日。
相忘到尔汝③,石交④一胜十。
真趣⑤濬心源,春风拂口出。
飞潜⑥罗胸次,濡笔⑦江海隙。
老迟⑧与尺木⑨,抗手⑩力追昔。
彼美⑪莼菜条⑫,犹许让一席。
墙窗泼墨来,云烟生四壁。

注释:

①立声:萧立声,1919年生于中国广东潮安龙湖。父少斋,擅行书,兼善墨梅。立声自少喜作人物画,对罗汉画兴趣尤浓,从唐石刻及壁画得其韵味,上追唐、宋诸名家。1948年移居香港,从事美术教育。1962年被聘为香港中文大学新亚书院艺术系讲师。

②乱离:政治混乱,给国家带来忧患。《诗·小雅·四月》:"乱离瘼矣,爰其适归。"毛传:"离,忧。"郑玄笺:"今政乱国将有忧病者矣。"

③尔汝:彼此亲昵的称呼,表示不拘形迹,亲密无间。唐·韩愈《听颖师弹琴》诗:"昵昵儿女语,恩怨相尔汝。"

④石交:交谊坚固的朋友。《史记·苏秦列传》:"大王诚能听臣计,即归燕之十城。燕无故而得十城,必喜;秦王知以己之故而归燕之十城,亦必喜。此所谓弃仇雠而得石交者也。"

⑤真趣:真正的意趣、旨趣。南朝·梁·江淹《杂体诗·效殷仲文〈兴瞩〉》:"晨游任所萃,悠悠蕴真趣。"

⑥飞潜:指鸟和鱼。宋·沈括《熙宁十年谢早出表》:"陛下德同天地,施及飞潜。"

⑦濡笔:谓蘸笔书写或绘画。《新唐书·百官志二》:"直第二螭首,和墨濡笔,皆即坳处,时号螭头。"

⑧老迟:陈洪绶(1598—1652)字章侯,幼名莲子,一名胥岸,号老莲,别

号小净名，晚号老迟、悔迟，又号悔僧、云门僧。浙江诸暨枫桥陈家村人。明末富有革新精神和独创风格的画家。

⑨尺木：萧云从（1596—1673）字尺木，号默思、无闷道人、于湖渔人等。明朝灭亡后始称钟山老人，寓意仰望钟山陵阁（明陵）。他自幼习诗文书画，明崇祯年间曾参加反对宦官魏忠贤的复社。入清后，他拒绝作官，遍游名山大川，或闭门读书，寄情诗文书画。明代至清初是中国版画的黄金时代，尤以萧云从、陈洪绶两位主持画坛的大家之作为著。

⑩抗手：犹匹敌。清·邹弢《三借庐笔谈·蒲留仙》："盖脱胎于诸子，非仅抗手于左史、龙门也。"

⑪彼美：表示赞美。南朝·宋·谢灵运《九日从宋公戏马台集送孔令诗》："彼美丘园道，喟焉伤薄劣。"

⑫莼菜条：宋代·米芾在《画史》中记吴道子绘画"行笔磊落，挥霍如莼菜条，圆润推算，方圆凹凸"。元代汤在《古今画鉴》中载"吴道子笔法超妙为百代画圣，早年行笔差细，中年行笔磊落，挥霍如莼菜条"。于是，"莼菜条"成了吴道子绘画用笔的主要特征，为后代许多人引用与诠释。

浅解：

饶公回顾与友人相见之情景，晨曦初现直至夜幕降临，竟日吟诗作画，享受一番"墙窗泼墨来，云烟生四壁"的闲情雅致。寄托着对友人的思念，也反映了饶公内心对淡雅生活的渴望。

**简译**：与君相识与乱离之时，琴画清淡无不竟日。你我之间亲密而不拘形迹。交往情比石坚得一胜十。真趣可通心源，言语如春风般拂口而出。飞鸟游鱼尽罗胸次，蘸笔点画江海之隙。从陈洪绶至萧云从，力追昔日诸贤之范。即使如吴道子线条挥洒如莼菜条之美，犹许让君一席之地。在墙窗之前泼墨作画，云烟霭霭顿生四壁。

## 和叔雍元日①诗　四十三叠前韵

双丸②苦相催，旧岁又元日。
居然成久客③，因循④逾四十。
爆竹喧四邻，天回⑤万象出。
只惜昨宵花，弃掷苍苔⑥隙。
断红⑦谁复顾，凉燠⑧异今昔。
殊方看海晏⑨，澄波⑩净如席。
水风拂佩裳，停车皆油壁⑪。

注释：

①元日：正月初一。《书·舜典》："月正元日，舜格于文祖。"孔传："月正，正月；元日，上日也。"

②双丸：指日月。明·无名氏《霞笺记·丽容矢志》："双丸易转迁，暗里朱颜换，那堪老大人轻贱。"

③久客：指久居外乡的人。宋·陆游《宴西楼》诗："万里因循成久客，一年容易又秋风。"

④因循：指飘泊。宋·柳永《浪淘沙慢》词："嗟因循久作天涯客，负佳人几许盟言。"

⑤天回：天旋，天转。形容气象雄伟壮观。晋·左思《蜀都赋》："望之天回，即之云昏。"

⑥苍苔：青色苔藓。晋·潘岳《河阳庭前安石榴赋》："壁衣苍苔，瓦被驳鲜，处悴而荣，在幽弥显。"

⑦断红：飘零的花瓣。宋·周邦彦《六丑·蔷薇谢后作》词："恐断红尚有相思字，何由见得。"

⑧凉燠：凉热。指冷暖；寒暑。南朝·齐·谢朓《雩祭歌·黄帝歌》："凉燠资成化，群方载厚德。"

⑨海晏：平静的海面。唐·薛逢《九日曲池游眺》："正当海晏河清日，便是修文偃武时。"

⑩澄波：清波。南朝·宋·鲍照《河清颂》："澄波万壑，洁澜千里。"
⑪油壁：古人乘坐的一种车子。因车壁用油涂饰，故名。《南齐书·鄱阳王锵传》："制局监谢粲说锵及随王子隆曰：'殿下但乘油壁车入宫，出天子置朝堂。'"最后二句化用唐·李贺《苏小小墓》诗："风为裳，水为佩……油壁车，夕相待。"

浅解：

辞旧迎新，年复一年，一切都没有什么改变，一切又都在悄悄改变。饶公空自感光阴，暗伤羁旅。一夜时光，昨宵之花已无人怜顾，青春年少一去不返，行囊负重的羁旅情愁何时才能消停？道尽了人生的无奈与沧桑。

**简译**：日月交替时光催逝，迎新辞旧一年又过。出乎意料久居外乡，漂泊流浪已过四十岁。爆竹声声四邻热闹喧嚣。春回大地万象更新。唯独怜惜昨夜之花，遭人冷落在苍苔边隙。花瓣凋零谁人怜顾，今昔冷暖的变化何其大。他乡远望海晏河清，澄波荡漾洁澜如席。水作佩饰风为衣裳，在此停歇的都是油壁香车。

香炉峰巅看日落，忆梦老①星洲。梦老近作画，揽取如拾遗，而神理自足。　四十四叠前韵

曾云②叆远天，恋此桑榆日③。
寒渐忽洄阁④，海洲奄失十。
蔚然⑤森霞彩，稍待神丽⑥出。
奇趣岂山水，瞩览⑦遍遐隙。
欲以结遥心⑧，朗照⑨思平昔。
缮性⑩沧波外，咏歌菰蒲⑪席。
缅想湖里游，清言⑫可镌壁。

注释：

① 梦老：蔡梦香（1889—1972），潮州人，善诗文、书画，是著名华侨书画家。早年就读金山中学，后毕业于上海法政大学，并在该校任职。曾在潮州兴办教育，开设"困而学舍"。1948年二次南渡新加坡。曾出掌棉兰直名丁宜学校校政，继而执教于新加坡一带之端蒙、崇光、瓜夷等校。饶公少时曾从蔡梦香学书。

② 曾云：层云。重叠的云层。曾，通"层"。《文选·陆机〈文赋〉》："浮藻联翩，若翰鸟缨缴，而坠曾云之峻。"一本作"层云"。

③ 桑榆日：日落时光照桑榆树端，因以指日暮。《太平御览》卷三引《淮南子》："日西垂，景在树端，谓之桑榆。"

④ 洄阁：昏聩不明貌。《文选·枚乘〈七发〉》："直使人踖焉，洄阁悽怆焉。"刘良注："洄阁，深不明也。"

⑤ 蔚然：草木茂密貌。北魏·郦道元《水经注·河水四》："山南有古冢，陵柏蔚然。"

⑥ 神丽：神妙妍丽。《文选·班固〈东都赋〉》："宫室光明，阙庭神丽。"吕延济注："此城内宫室阙庭，光色美丽，正合礼度。"

⑦ 瞩览：尽力观赏。晋·庐山诸道人《游石门诗》序："众情奔悦，瞩览无厌。游观未毕，而天气屡变。"

⑧遥心：谓心向远方。南朝·宋·谢惠连《七月七日夜咏牛女》诗："留情顾华寝，遥心逐奔龙。"

⑨朗照：明亮的光。宋·潘阆《岁暮自桐庐归钱塘晚泊渔浦》诗："新月无朗照，落日有余辉。"

⑩缮性：涵养本性。《庄子·缮性》："缮性于俗。"成玄英疏："缮，治也；性，生也。"

⑪菰蒲：借指湖泽。南唐·张泌《洞庭阻风》诗："空江浩荡景萧然，尽日菰蒲泊钓船。"

⑫清言：高雅的言论。晋·陶潜《咏二疏》诗："问金终寄心，清言晓未悟。"

浅解：

饶公于山巅观日落，山水之景神妙妍丽，涵养天性。令饶公联想到蔡梦香老的作画，引起其思忆之情，身遥心迩，念念在心。

**简译**：层云浮叠远天昏昝，留恋日落桑榆时刻。天色渐暗夜渐寒凉，九洲江海掩盖其中。丛林密处散落霞彩，尽显自然的神妙妍丽。奇妙之趣岂止山水，目极之处皆是美景。心绪飘远寄情他方，夕阳朗照追忆平昔。登山涉水颐养本性，在山川湖泽吟咏高歌。观景缅想畅游湖中，清言堪可题壁。

## 九日小集媚秋堂　四十五叠前韵

木叶①未见凋，不信真九日②。
临觞③休辞醉，座客几八十。
良夜④接清娱，卮言⑤曼衍⑥出。
新诗藻绮思，属和⑦苦无隙。
日暖玉生烟⑧，美意倘如昔。
思落蒹葭⑨渚，人归薜荔⑩席。
酒酣歌莫哀，坐看月沉壁。

注释：

①木叶：树叶。《楚辞·九歌·湘夫人》："嫋嫋兮秋风，洞庭波兮木叶下。"
②九日：指农历九月九日重阳节。《艺文类聚》卷四引南朝·梁·吴均《续齐谐记》："今世人每至九日，登山饮菊酒。"
③临觞：犹言面对着酒。觞，酒杯。三国·魏·曹植《求通亲亲表》："左右惟仆隶，所对惟妻子，高谈无所与陈，发义无所与展，未尝不闻乐而拊心，临觞而叹息也。"
④良夜：美好的夜晚。汉·苏武《诗》之四："芳馨良夜发，随风闻我堂。"
⑤卮言：亦作"卮言"。自然随意之言。一说为支离破碎之言。语出《庄子·寓言》："卮言日出，和以天倪。"成玄英疏："卮，酒器也。日出，犹日新也。天倪，自然之分也。和，合也……无心之言，即卮言也。是以不言，言而无系倾仰，乃合于自然之分也。又解：卮，支也。支离其言，言无的当，故谓之卮言耳。"后人亦常用为对自己著作的谦词，如《艺苑卮言》、《经学卮言》。
⑥曼衍：散漫流衍；延伸变化。《庄子·齐物论》："和之以天倪，因之以曼衍，所以穷年也。"
⑦属和：指和别人的诗。宋·秦观《观宝林塔张灯》诗："继听《钧天》奏，尤知属和难。"
⑧日暖玉生烟：美玉被阳光照晒会生出烟一样的气体。唐·李商隐《锦瑟》

诗："沧海月明珠有泪，蓝田日暖玉生烟。"

⑨蒹葭渚：长满蒹葭的洲渚。唐•李顾《临别送张谭入蜀》："梦里蒹葭渚，天边橘柚林。"

⑩薜荔：植物名。又称木莲。常绿藤本，蔓生，叶椭圆形，花极小，隐于花托内。果实富胶汁，可制凉粉，有解暑作用。《楚辞•离骚》："揽木根以结茝兮，贯薜荔之落蘂。"王逸 注："薜荔，香草也，缘木而生藁实也。"

浅解：

在饶公看来，与众友人相聚，饮酒赋诗，曲终人散，难免触景伤怀，此等人之常情，不如坐看明月沉壁，静享淡雅之趣。

**简译**：树叶未有凋零之意，不信已到九月初九。面对酒樽一醉方休，大宴宾客高朋满座。良夜正可清雅欢娱，随意清谈延伸变化而出。新诗藻雅文思优美，竞相唱和毫不停息。蓝田日暖良玉生烟，美好情意倘若往昔。思绪飘落蒹葭之渚，兴罢人归薜荔草席。酒酣之时莫要悲歌，坐看明月沉于山壁。

## 道风山①上迎月示同游诸子兼柬存仁教授②　　四十六叠前韵

自笑真南人③，学如牖窥日④。
责善⑤须良朋，列一漫疵十⑥。
神明祛练⑦久，终见佳致出。
登峰到此山，奇花烂林隙。
留连讵忘返，相见如宿昔⑧。
圆月昵可亲，澄流归一席。
遇象意能鲜⑨，水绕东西壁。

注释：

①道风山：位于香港新界沙田，是以道风山基督教丛林命名的一座山。
②存仁教授：柳存仁（1917—2009），1939年毕业于北京大学，后获伦敦大学哲学博士及文学博士学位。曾任澳大利亚国立大学中文系主任、亚洲研究学院院长，澳大利亚人文科学院首届院士，英国及北爱尔兰皇家亚洲学会会员。著有《和风堂文集》、《中国文学史》、《道教史探源》等。
③南人：南方人。《论语·子路》："南人有言曰：'人而无恒，不可以作巫医。'"何晏集解引孔安国曰："南人，南国之人。"
④学如牖窥日：《世说新语·文学篇》载东晋时褚裒向孙盛说"北人学问渊综广博"，孙答以"南人学问清通简要"，支道林听后说"北人看书如显处视月，南人学问如牖中窥日"。
⑤责善：劝勉从善。《孟子·离娄下》："夫章子，子父责善而不相遇也。责善，朋友之道也；父子责善，贼恩之大者。"
⑥列一漫疵十：一以疵十，不因有过错而否定其功劳。宋·苏洵《嘉祐集卷九·史论》："夫颇、食其皆功十而过一者也，苟列一以疵十，后之庸人必曰：'智如廉颇，辩如郦食其，而十功不能赎一过。'"
⑦神明祛练：即"祛练神明"。佛教语。修智慧，断烦恼。意谓去除尘念，修炼智慧，便可成佛。南朝·宋·刘义庆《世说新语·文学》："佛经以为祛练神明，则圣人可致。"刘孝标注："释氏经曰：一切众生皆有佛性，但

能修智慧,断烦恼,万行具足,便成佛也。"

⑧宿昔:从前;往日。《史记·平津侯主父列传》:"朕宿昔庶几获承尊位,惧不能宁,惟所与共为治者,君宜知之。"

⑨遇象意能鲜:即"遇象能鲜",遇上物象能显鲜丽。东晋·羊孚《雪赞》:"资清以化,乘气以霏。遇象能鲜,即洁成辉。"

浅解:

　　佳景相约,友人相伴。山中迎月,濯洗心灵。诗中述说美好之事,并在其中对存仁教授做出友善的评价。柳先生曾名柳雨生。柳雨生在上海沦陷时期的作为,陈青生《抗战时期的上海文学》(上海人民出版社,1995年版)一书和张曦《悖离现代文学传统的"大东亚文学"作家》(《中国现代文学研究丛刊》2003年第一期)一文中都有专节的评述。概括地说,柳雨生是当时上海"中日文化协会"等日伪文化组织的主要成员。1942年11月及次年8月,他两度作为"上海代表"出席在日本举行的"大东亚文学者大会",积极鼓吹"大东亚文学","是极为罕见的在自己的作品里明确鼓吹中日亲善、大东亚共存共荣思想的作家"。饶公以"列一漫疵十",认为不要因有过错而否定其功劳。"神明祛练久,终见佳致出。"心中杂尘已祛除,终可完善高雅的情操,体现了饶公的豁达和宽容。

　　**简译**:笑自己是实在的南方人,做学问如牖中窥日。朋友之道在于劝勉从善,不因有过错而否定其功劳。去除尘念修炼智慧已久,终可养成美好的情操。来到此山登上顶峰,林边山花奇巍而绚烂。留连美景竟忘记归回,佳境悠悠如往昔。圆月昵人可亲,水色澄碧乘一席而归。遇上物象能显鲜丽,山环水绕东西之崖壁。

# 有感元夜①七星同聚续和叔雍壁字均第四十七叠

九执②出梵天③，七曜兼月日。
列宿④驰玉轪⑤，扶轮⑥驾百十。
星纪⑦终回旋，于理非间出。
谁与图天官⑧，璇玑⑨照纤隙。
因果⑩那足计，符应⑪可征昔。
吾生如落花，几辈坠茵席⑫。
何用忧罗睺⑬，微曦方动壁。

注释：

①元夜：即元宵。宋·欧阳修《生查子·元夕》词："去年元夜时，花市灯如昼。"

②九执：亦为"九曜"。指北斗七星及辅佐二星。《文子·九守》："天有四时、五行、九曜、三百六十日；人有四支、五藏、九窍、三百六十节。"

③梵天：佛经中称三界中的色界初三重天为"梵天"。其中有"梵众天"、"梵辅天"、"大梵天"。多特指"大梵天"，亦泛指色界诸天。《百喻经·贫人烧粗褐衣喻》："汝今当信我语，修诸苦行，投岩赴火，捨是身已，当生梵天，长受快乐。"此谓天空。

④列宿：众星宿。特指二十八宿。《楚辞·刘向〈九叹·远逝〉》："指列宿以白情兮，诉五帝以置词。"王逸注："言己愿后指语二十八宿，以列己清白之情。"

⑤玉轪：玉饰的车辖。借指华丽的车。《楚辞·离骚》："屯余车其千乘兮，齐玉轪而并驰。"

⑥扶轮：扶翼车轮。南朝·宋·颜延之《迎送神歌》："月御案节，星驱扶轮。"

⑦星纪：泛指岁月。晋·陶潜《五月旦作和戴主簿》诗："发岁始俯仰，星纪奄将中。"

⑧天官：天文；天象。《史记·太史公自序》："太史公学天官于唐都。"《史

记》有《天官书》，司马贞索隐："天文有五官。官者，星官也。星座有尊卑，若之官曹列位，故曰天官。"

⑨璇玑：泛指北斗。汉·扬雄《甘泉赋》："攀璇玑而下视兮，行游目乎三危。"

⑩因果：佛教语，谓因缘和果报。

⑪符应：上天显示的与人事相应的征兆。《史记·孝武本纪》："赐诸侯白金，以风符应合于天地。"

⑫坠茵席：《梁书·儒林传·范缜》："〔范缜曰：〕人之生譬如一树花，同发一枝，俱开一蒂，随风而堕，自有拂帘幌坠于茵席之上，自有关篱墙落于粪溷之侧。""坠茵"比喻人的好的际遇。

⑬罗睺：即罗睺：印度占星术名词。印度天文学把黄道和白道的降交点叫做罗睺，升交点叫做计都。同日、月和水、火、木、金、土五星合称九曜。因日月蚀现象发生在黄白二道的交点附近，故又把罗睺当作食（蚀）神。印度占星术认为罗睺有关人间祸福吉凶。辽·希麟《续一切经音义》卷六："罗睺即梵语也，或云摆护，此云暗障，能障日月之光，即暗曜也。"

浅解：

古时常云：天有异象，必有妖孽。饶公于元宵之夜观看天象，见七星聚顶之象，认为这种天象是天体运行的自然常理，皆有迹可循，不应盲目恐慌惧怕。更何况生来低微，何惧天魔。体现其心胸开朗，见解通达。

**简译**：九星同聚于天顶，北斗簇拥着日月。玉车驰骋于列宿之间，扶翼车轮驱驾万里。斗转星移岁月轮回，世间之理常如此出。是谁创造此等天象，七星共照整片天地。其中因果不足为计，天之异象皆有迹可循。我的生命如落花一般，又有几辈能幸运地落于茵席之上。何须惧怕吞噬日月的天魔，天色渐亮星光开始于壁上闪动。

# 戴密微教授与饶宗颐教授书信来往

选载自《戴密微教授与饶宗颐教授往来书信集》（香港大学饶宗颐学术馆出版）

PAUL DEMIÉVILLE
234, BOULEVARD RASPAIL
PARIS 14ᵉ
TÉL. 033 41-94

Paris, November 18, 1966

Dear Friend,

Thanks for your letter of November 7. Some time ago I sent a testimonial to the Registrar of the University of Singapore who had asked me to be your Referee. I am ready to send another one for the University of Hong-Kong as soon as I am requested to do so by the Association of Commonwealth Universities in London, if you give my name to the University of Hong-Kong as a Referee.

I understand your hesitation concerning your future, but of course you know the conditions much better than I do and the decision you will take will certainly be right. Professor Ho Kuan-chung will be coming to Paris next year with his family as he will have his annual leave. He wrote to me that he intends to stay here from about March to October 1967 and to obtain a Doctorate from the University of Paris. His wife, Mrs. Chiang Chen-yu, has applied for the post of Sub-Librarian at the Fung Ping Shan Chinese Library in Hong-Kong. She went to Hong-Kong in connection with her application, but when Prof. Ho last wrote to me two weeks ago she did not yet know definitely whether she would be appointed to the post. Prof. Ho says that if she is appointed they intend to leave Singapore a little earlier ( i. e., if I understand him right, before 1968 ), as according to him "the political atmosphere in Singapore is becoming less and less favorable". In fact I saw in the newspapers here that there has been recently some trouble with students in Singapore. But you will know much more about conditions in Singapore than we know here.

I was happy to hear that your friends are going to publish your 40 poems on the Mont Blanc. Why not publish together your 30 poems from Switzerland? I intend to try to translate these 30 poems, as you know, but it would be rather difficult for me to publish the Chinese text of these poems here in Europe together with my translation. If you really want me to write a short preface in French for the edition of your poems in Chinese, please let me know whether the edition will include the 30 poems from Switzerland. I think a French preface would look rather superfluous. Or again, perhaps it would be possible to publish your 30 poems from Switzerland together with my translation in Hong-Kong, apart from the 40 poems on the Mont Blanc? Would there be some publisher in Hong-Kong for such a booklet? [ See note below.]

My former student Jean-Pierre Diény will arrive in Hong-Kong in December with his family, after a stay of two years in Peking where he was practically unable to do any work in sinology. Please help him with his work on Chinese poetry. He is a nice boy with a solid culture ( he was a Hellenist before he took up Chinese studies ). Anything you would kindly do to instruct him would be highly appreciated.

Ever faithfully yours,

P Demiéville

Note: Perhaps I could find here in Paris some publisher who would publish my translation together with a fac-simile photographed from your manuscript, but I fear it would be difficult.

Letter from Prof. Demiéville, dated 18/11/1966
戴密微教授致饶宗颐教授信　1966年11月18日

挚友惠鉴：①

欣接十一月七日来信。较早前已应新加坡大学教务处要求，作咨询人寄上推荐信。若向香港大学列余为咨询人，将于得伦敦大英国协大学协会要求后，另奉推荐信。

深明对前途之困惑踌躇，尔较熟知情况，所作决定定当正确。何冠中②教授来年将于年假时举家到巴黎，于信中称打算于一九六七年三月至十月停留，期间攻取巴黎大学博士学位。其夫人蒋贞由③女士正申请香港冯平山中文图书馆副馆长之位，并已就此到港。惟何教授两星期前来函时，尚未确定是否将获委任，果若成事，举家将稍稍提早（若理解无误，即于一九六八年前）离开新加坡，何君认为"新加坡之政治环境每况愈下"。其实已从巴黎之报章得知近来新加坡因学生起了些纷扰，尔定必更清楚此中状况。

欣闻友人将发布咏白朗峰之四十首诗作。何不与于瑞士所写之三十首一并发布？如尔所知，尝翻译此三十首大作，惟中文原文颇难与拙译一并于欧洲出版。如需以法文为中文版诗作撰短序，烦请告知书中会否包含三十首瑞士大作。法文序言似乎不太必要，或会否考虑如早前提及，将三十首瑞士大作与拙译一并于香港出版，与白朗峰之四十首分开？香港有否出版社可发行此类小书册？（见下方备忘）

吾旧生 Jean—Pierre Diény④ 将于十二月与家人到港，彼居北京两年，几近未能进行任何汉学研究。其中文诗词研究，有劳烦心。此子为人亲切，处事稳重（进行中国研究前研究希腊文化）。

---

① 本书中戴密微书信的中译者为 Po Po。
② 未能确定中文姓名之写法，此处只循英文拼音自行翻译过来。
③ 同上。
④ 同上。若中译，将为"让—皮埃尔·桀溺"。

若能指点其一二,曷胜感激。顺问
近祺。

戴密微匆此
一九六六年十一月十八日

备忘:余或尝于巴黎找寻出版社将拙译与尔手稿之影印本一并出版,惟只恐比较困难。

This size is the size of the printed surface on the pages of the 考古纪
by 昱其昱, and your own volumes, which will continue the collection of the
考古纪, will thus have exactly the same dimensions. Also, the same paper
will be used, since the paper will be provided here to print your text by off-
set. I think this is a good solution. My own introduction ( or rather summary )
in French will also be printed here. There will be either one volume for both
敦煌曲 and 敦煌白画, or one volume for 敦煌曲 and one volume
for 敦煌白画 ; this will be decided when we know more about the lenght of
your own text. The facsimiles (影印本) of the documents will then follow in one
one or two other volumes. I think that, if your printer is prepared to advance
the money before the work is finished ( as you say in your letter of November
15 ), there should be no difficulty. I cannot ask for the money now before next
spring, as the autumn session of the Centre national de la recherche scientifique
is past. Surely before the beginning of March, 1968, I can have an accurate
estimate (估價单) of your printer for his work and then I shall ask for the
grant of money of the Centre. They told me that the estimate should be in
English, in Hong Kong dollars, and in three copies. It will take two or three
months before the Centre can pay the printer — you know the slowness of all
administrations. Now if you can send me at your earliest convenience a copy
of your text, I shall start reading it and preparing my summary in French, which
will take some time.

    I cannot remember whether I wrote to thank you for the complete calligraphy
of 黑牡丹, which I duly received one or two months ago. For my translation I
followed the text of this copy.

    I have not seen Vandermeersch since we parted at Vallorbe station more than
a year ago. He wrote to me that he is rather busy organizing his teaching at
the University of Aix-en-Provence. I hope he will come to Paris soon. He wrote
an excellent paper on present-day China in a French periodical. I think he is
a clever boy who owes very much to you.

        Pardon!... Je ne suis pas aperçu qu'au haut de cette page je
me suis/tout à coup à écrire en anglais. Excusez mon inattention de vieillard,
et veuillez croire, cher ami, à mon souvenir toujours fidèle, ainsi qu'à ma
gratitude réitérée pour la belle peinture.

                              P. Demiéville

Please send me if possible both your text, of 敦煌曲 and of 敦煌白画.

Many thanks for offering me some copies of 白山茶. If I may have 4 or 5, I may offer them to some friends for the New Year as you suggest.

Letter from Prof. Demiéville, dated 30/11/1967　Page 2 English Part
戴密微教授致饶宗颐教授信　1967年11月30日（第二页英文部分）

此即为吴其昱君《本际经》内有文字表面之尺寸，尊著为《本际经》系列之新作，有文字表面之尺寸亦将如此。尊著将于巴黎以柯式印刷印制，故所用纸张亦与吴君一样。此实乃上佳之解决办法。拙法文引言（或称概要更为贴切）亦将于巴黎印刷。《敦煌曲》及《敦煌白画》或合印为一书，或分别各自成书，需留待知悉尊著篇幅后始能定夺。文献之影印本亦将随后印成一或二书。印刷商提出于印刷完成前预付款项之要求（如十一月十五日惠函所提及），理应可办到。因法国国家科学研究中心之秋季学期已过，来年春季前恐未能索款。一九六八年三月前，想必可获印刷商之估价单，以向中心申请津贴。中心要求估价单需以英文书写、以港元结算、一式三份。申请需时二或三个月——行政机构行事之缓慢想必尔亦熟知。撰写法文概要需时，望能早日得阅尊著，好作准备。

一二月前欣接《黑湖集》全集书法手抄本，欢喜忘形，似忘道谢。拙译将以此为依归。

自于瓦洛尔布车站分别后，已有一年未与 Vendermeersch 君见面，来函告知现正埋首于艾克斯大学教学，颇为忙碌。期望彼能早日到巴黎。彼于一法文期刊上发表有关现代中国论文一篇，出色之至。此子天生聪颖，得尔指点更具成就。

……

戴密微匆此
一九六七年十一月三十日

如有可能，请一并邮寄《敦煌曲》及《敦煌白画》。

欣闻拟赠《白山集》数本，盛情厚意，至深铭感。若能得四五本，必当如君提议，赠予友人作新岁礼物。

PAUL DEMIÉVILLE
234, BOULEVARD RASPAIL
PARIS 14ᵉ
TÉL. 033 41-84

Paris, 26th December 1968

Dear friend,

    This morning I handed to the printer at the CNRS the whole material for Tun-huang ch'ü, everything complete with the plates and their captions, your Chinese text (with a few corrections in the French of English passages, my French analysis (about 110 pages), French table of plates (with the material description of the manuscripts), French table of contents, titles etc. Last summer, after reading your text, I had asked you some questions which you did not answer as you were then too busy with your terrible removal to Singapore. Could you now kindly answer the few queries on the enclosed sheet? You quote some books or articles which I do not possess, and there are also many technical terms or passages which I am not sure to understand correctly, in particular the names of tiao. I do not like to leave anything untranslated. Merely to transliterate the difficult terms is a solution which I always hated. So please be so kind as to enlighten my ignorance if you can spare a few minutes.

    In November the CNRS paid to my bank the exchange value of the 1500 Hongkong dollars which you spent in Hongkong for the copy of your text. I asked my bank to send you the equivalent of 1500 Hongkong dollars in Singapore dollars. They calculated that the amount was 743, 33 Singapore dollars and they sent it to you on November 11th through the Chartered Bank in London. I hope it was duly remitted to you - please let me know if you agree with the rate of exchange.

    I think the volume on Tun-huang ch'ü will come out fine and I do hope that you will not forget the other volume on Tun-huang drawings. If possible do not wait too long as I am getting old and I would like to be still in this world to prepare it for publication as I did with the first volume.

    I wonder how you are getting on in Singapore, whether you finally found lodgings large enough to accommodate your monumental library. I hope you have no "cultural revolution" with your students as it is now the fashion all over the world. It is not too quiet here yet. I am glad I am no longer a professor. Vandermeersch is having quite a troubled time at Aix.

    I am still awaiting the poems of Lac Noir from Switzerland - everything is so slow now except journeys to the moon. As soon as they come out I shall send you a copy by air and a hundred copies will be sent by the publisher by sea. If you want more, please let me know.

    I am now going to Lausanne for the New Year but I shall be back here at the beginning of January. Do you remember the keeper of the Chinese restaurant where we had lunch when I had the infinite pleasure of your visit in my native town? He has been assassinated by his employees and I think the restaurant no longer exists.

    Please send me some poems if you compose any! Please tell me what I could send you? I am afraid wine does not stand the sea-journey well. Which books? Or what?

    Your painting is now well enframed and I enjoy it very much.

    All best wishes, dear friend, for yourself and for your family. May God bless your health and your work!

                                      Yours ever,

                                        P. Demiéville

Letter from Prof. Demiéville, dated 26/12/1968
戴密微教授致饶宗颐教授信　1968年12月26日

挚友大鉴：

今早已将《敦煌曲》之完整稿件交予法国国家科学研究中心之印刷部，诸事齐备：插图配上说明文字、中文尊稿（英文文章中之法文稍微更正）、拙法文分析（约一百一十页）、法文插图目录（加上文献材料之描述）、法文目录、标题等。去年夏季阅大作后提出疑问数个，当时忙于搬迁至新加坡事宜，无暇回答。随函另纸奉上疑问，有劳烦心。大作中引用之部分书本或文章，未尝拜读，不少术语或段落，特别是调之名称，亦未知有否理解正确。余不欲留下部分不翻译，亦不愿将艰难用语仅作音译。若能拨冗解答，不胜感激。

于香港所垫之文章钞费，法国国家科学研究中心已于十一月存入银行内，折合为1500港元正。已指示银行将该款项兑成新加坡元，折算为743.33坡元，十一月十一日透过伦敦渣打银行汇寄。此款项望已顺利汇抵，汇率是否满意，还请告知。

《敦煌曲》一书必将刊印妥当，随后尚有敦煌白画一册，万莫忘之。首册由余筹备出版，殷切期望此次册能早日完成，余已届暮年，望有生之年亦能为次册筹备出版。

于新加坡生活如何？最终有否觅得能容纳浩瀚藏书之居所？学生未有闹"文化革命"吧？此事现时风行全球。吾处风波尚未完全平息，还幸已不再担任教职。Vendermeersch 于艾克斯遇上好些麻烦。

尚在等待瑞士黑湖诗作；现时万事俱慢，惟独登陆月球快。诗作出版后定当立时空邮一本予君，出版社亦将航邮寄上一百本。若需更多，还请告知。

新岁将于洛桑度过，一月初即返回巴黎。昔日来访家乡，欣喜无量，仍记得当日午膳中式餐馆之店主？彼为员工所杀，餐馆恐已不复存。

若有撰写诗作，恳望送阅。另请告知可为君寄送何物？葡萄酒恐不耐船航。可有需要书籍、或是何物？

尊画作现已妥当镶上画框，爱不释手。

谨祝阖家起居万福、身体健康、著作顺利！顺颂
撰安。

戴密微端此<br>一九六八年十二月二十六日

54 bd. Raspail  
Paris 14                                                    24 / 6 / 1969

Dear friend,

Many thanks for your letters of May 4 and 27. I think you will be back in Singapore when this letter arrives. I am sorry I made a mistake when I read the poem on your painting, I think I read it on the photograph as the painting itself was then back in Hong Kong or was at the binder in Lausanne. I made a Corrigendum which can be inserted after the last page of the offprint. I sent you about 130 of these Corrigenda by sea on June 18 together with 20 more copies of the offprint. I hope the 100 copies sent by sea from Berne have now reached you. I am furious that the printer in Berne made such an awful cover although I had expressly asked him to make a nice cover. Now it can't be helped. The assonances which you mention in my translation of the poem are purely fortuitous, alas! I did not attempt to keep the rhymes in my translation of the 黑湖集, it would have been quite a hard work and I am not trained enough in the use of rhymes. My trick of doubling the syllables for keeping something of the Chinese meter has been well received by my French readers, but alas for the rhymes!

On May 5 I sent you ( by sea ) a photocopy of Fujieda's paper on 木筆. I am curious to know what you think of it. Lawrence Picken of Cambridge who is the foremost authority on Eastern music in the West has published in the T'oung Pao a lenghty paper on Gimm's book on 樂府雜錄. I find his paper interesting and I asked him to send you an offprint. In the last Journal of the American Oriental Society ( 88 /2 p. 262-270 ) there is a paper of Shih-chuan Chen ( Pennsylvania State University, Middletown ) on the date of some Tunhuang lyrics (敦煌曲). Formerly he had sent me this paper for publication in the T'oung Pao but I had refused it as I found it very bad. I suppose you receive the Journal of the Am. Or. Soc. at the University of Singapore, but in my opinion the paper is scarcely worth looking at.

Now here some further queries concerning

- You mention the 諸宮宝元同拘瑰 by 周玉光 in the bibliography of 雲謡集雜曲子. But in 周's book which I found in the Bibliothèque nationale I cannot find any piece of the 雲謡集. Shall I suppress this title from your bibliography?

- About P. 2702 (詠月婆羅門) you say: 字似韶逆衰,極佳. But the photo of P. 2702 which I send you herewith does not seem to correspond to such a description. Is there some confusion?

- In your letter of May 4 you mentioned Tib. 37 and said that it contains an image of 涅槃像 which may be 木筆. But there is no representation of 涅槃 in Tib. 37, only about 11 very coarse and grotesque images with indications in Tibetan ( one of them reads Lyag-sma-mi = Lakṣmī ). Is there some confusion?

- About the meters of the Five Watches (五更轉 句式) you mention a type (乙式)7-7-7-7 (太子五更轉). But all the 太子五更轉 ( P. 2483, 3083 etc. ) are in 3-7-7-7. Is there one in 7-7-7-7?

- I am looking forward to receiving the copy of my translation of about 30 曲 with your remarks. The printing of the volume is now well advanced and I am waiting for the proofs any day.

Donald Holzman is now either in Kyoto or in Taipei and will call on you during the month of August if I understood well his last letter. I suppose he will have also written to you. He is with his daughter ( aged about 18 ) who is a clever girl. I envy him meeting you!

I heard from Vandermeersch who is delayed in his personal work by the student troubles at his university. Here it is more or less quiet just now but it may start again. It is very violent in Japan, especially 東大 and 京大.

Do you have now secured lodgings large enough for your books,

Avec tout mon souvenir fidèle,

P. Demiéville

Letter from Prof. Demiéville, dated 24/6/1969  
戴密微教授致饒宗頤教授信　1969年6月24日

挚友惠鉴：

迭接五月四日及二十七日惠函，此书送达之日想必已回到新加坡。阅读尊画作上诗作时出错，至感抱歉。当日尊作已寄返香港，又或正于洛桑裱画师处，自相片中阅读致使铸此错案，望祈察谅。已修一勘误表，可置于抽印本末页之后。六月十八日时，已将约130份勘误表并20本抽印本航邮予君。自伯恩平邮之一百本抽印本想已收到。早已明确要求伯恩之印刷商需配以雅致封面，现却印成如此不堪入目，实在气结之至，惜现时已无可补救。提及于拙译诗作中之谐音仅乃无心偶然而矣！翻译《黑湖集》时并无意保留押韵，因实不易为之，另对押韵亦不太熟习。重复音节二次之做法乃为了保留一点中文之格律，广为法文读者所接受，奈何音韵却出此贻笑大方之事！

五月五日时寄出（航邮）藤枝君有关木笔之论文影印本，未知有何评语，殷切期待。剑桥 Lawrence Picken[①] 乃西方之东方音乐首席权威，于《通报》发表长论文一篇，论述 Gimm[②] 有关《乐府杂录》之大作。此论文非常有趣，已托彼邮寄抽印本予君。近一期之《美国东方学会学报》（88/2 P.262—270）有一由程石泉先生（宾夕法尼亚州立大学，米德尔敦分部）所写，有关某些敦煌曲写作年代之论文。彼曾将该文寄余，望于《通报》发表，惟该文差劣，为余所拒。想必已于新加坡大学收到学报，余以为该文不值一看。

以下疑问有劳解答：

《云谣集杂曲子》之参考书目中提到周泳先君之《唐宋金元词钩沉》，于法国国家图书馆觅得周君之大作，惟当中并未谈及《云谣集》中任何一曲。需将此书自参考书目中剔除吗？

君称第2702页（《咏月婆罗门》）"字似褚遂良，极佳"。此描

---

① 未能确定中文姓名之写法，若中译，将为"劳伦斯·毕铿"。
② 未能确定中文姓名之写法，若中译，将为"嵇穆"（信中提及的 Gimm 想是德家汉学家 Martin Gimm）。

述似与随函所附之第 2072 页照片所示不符，有劳烦心查看。

在您 5 月 4 日的来信中提到 Tib. 37 并且说里面包含有涅槃象的图像，也可能为木笔。但在 Tib. 37 里并无涅槃的陈述。有的只是关于 11 的非常粗糙和奇异的具有默写西藏人提示的图像（他们中有一个念起来是 Lyag－ama－mi＝Lakami）。这里面是否存在混淆？

关于五更转句式的表征，您提到一种（乙式）7－7－7－7（太子五更转）。但是所有的太子五更转（第 2483 页和 3083 页等）都为 3－7－7－7，是否其中有种为 7－7－7－7？

期望能收到附有您批注的关于 30 曲的译本。书册之印刷进度比预期更快，已准备随时收到校样。

Donald Holzman[①] 现正身处京都或台北，如理解近函无误，将于八月拜访君，料必亦将致函。彼千金（约 18 岁）聪明敏慧，此敞与父同行。能与君相见，余羡慕不已！

自 Vendermeersch 听闻因大学学生起纷扰耽误了私事。吾处风波现时大致平息，惟难保再起之可能。日本情况非常凶险，东大及京大尤甚。

未知已否觅得能容纳藏书之居所？顺问
近好。[②]

戴密微端此
一九六九年六月二十四日

---

[①] 未能确定中文姓名之写法，若中译，将为"唐纳德·侯思孟"。
[②] 此处有一法文句子"Avec tout mon souvenir fidèle"，猜想意思与英文"Yours sincerely"相当，暂译"顺问　近好"，劳烦法文翻译指正更改。

Paris, 16.10.1970

Dear Friend,

    I am glad to hear that you safely reached New Haven. Please try to get from the American Croesuses a subsidy for achieving your work. Some years ago I tried to explain ( parts of ) the Chan-chü fa at the Collège de France, but did not publish anything. The main trouble is about the indentification of vegetable and other products. I do hope you will publish a commentary.

    Our Tun-huang ch'ü is still not out! Hélène Vetch is raising minutiae. As happens to women, she is what we call in French a pignoleuse ( I think the Japanese say koriya 凝り屋 ). She is making a terrible index of the book, not yet finished after months of work.

    At Mont-la-Ville I had the visit of Prof. Yoshikawa, whose behaviour I found rather off-hand. You will meet him in the Virgin Islands, together with Donald Holzman, David Hawkes, etc. I don't know anything about L. Vandermeersch; I think the students at Aix-en-Provence give him some trouble. Please remember me to our common friend L. S. Yang.

    The photos of the Tun-huang drawings will soon be sent to you. H. Vetch was very active in having them made, but the delays of the administration are awful. Of course it would be fine if you could write the text in your own calligraphy. Please use "Bristol paper" to facilitate the reproduction.

    I received and read with great pleasure the volume which was offered to you on the occasion of your departure from Hong Kong, and transmitted copies ( as requested ) to Stein, Gernet and Vandermeersch. I found the English translations of your Lac Noir poems very poor, but I enjoyed the biography of Hsieh Ling-yün by Mr. Young Yung and have been corresponding with him about it.

    With all best wishes and souvenirs,

Letter from Prof. Demiéville, dated 16/10/1970
戴密微教授致饶宗颐教授信  1970年10月16日

挚友台鉴：

欣闻已平安抵达纽黑文。可尝向美国大款寻求资助，成就研究工作。数年前，尝于法兰西公学院讲解（部分）《山居赋》，惟并未发表任何著作。此中最大困难在于辨认当中之蔬菜及其他产品。殷切期望能发表评论。

吾等之《敦煌曲》尚未完成！Hélène Vetch[①]小姐还在斟酌细节。女人有时候就会这样，法文称为 fignoleuse[②]（日文似乎是称为凝り屋）。书本之索引糟透，花上多个月时间仍未完成。

居蒙拉维尔期间，吉川教授来访，是一位挺不拘小节的人。君将于处女群岛与彼及 Donald Holzman、David Hawkes[③] 等会面。未知 L. Vandermeersch 近况如何，艾克斯之学生想必为彼添了不少麻烦。请代向吾等好友杨联升[④]问好。

敦煌白画之照片即将寄送。H. Vetch 小姐早已把照片准备妥当，惜为行政方面缓慢所耽。君挥毫亲书内文，当然是欢迎之至。请以西卡纸书写，以便利印刷。

君离港时所获之一册已收悉，阅之其乐无穷。已（按所托）向 Stein[⑤]、Gernet[⑥] 及 Vandermeersch 诸君各奉上一册。君黑湖诗作之英译本强差人意，杨勇君所撰之谢灵运生平倒不错，已就此与彼通信。

随函奉上微物，顺祝
起居万福。

戴密微端此<br>一九七〇年十月十六日

---

① 未能确定中文姓名之写法，若中译，将为"魏普贤"。
② fignoleuse 即完美主义者。
③ 未能确定中文姓名之写法，若中译，将为"大卫·霍克斯"。
④ 原文"L. S. Yang"猜想是指华人汉学家杨联升，有劳指正。
⑤ 未能确定中文姓名之写法，若中译，将为"石泰安"（此处猜想是指法国汉学家 Rolf Alfred Stein）。
⑥ 未能确定中文姓名之写法，若中译，将为"谢和耐"（此处猜想是指法国汉学家 Jacques Gernet）。

1349 Mont-la-ville, 23/8/1974

Dear Friend,

So many thanks for the superb calligraphy of Li Po (I prefer him to Tu Fu) — it will be shown in an exhibition of Chinese calligraphy to be held in Paris next autumn. I was so glad to hear that you met my dear friend Jacques Gernet. Perhaps you don't know that he has just been elected to a chair of sinology at the Collège de France — the old chair of Stanislas Julien, Chavannes, etc., which had been suppressed after my retirement owing to a silly intrigue. Gernet is a good scholar and a true friend of China. I just received "Etudes de Touen-houang" published by Prof. Pan Chung-Kwei, a fine and useful publication, but I was quite ashamed to find my awful picture & your splendid piece of prose, which fortunately keeps all its value in spite of the subject. I am perfectly unworthy of such a dedication, but still I feel highly honoured by such a token of benevolence from representatives of a great culture which I have always loved. I came back from Southern Spain some time ago & I expect to stay in the old house with your paintings, for at least part of the autumn. Everyday I am feeling older & I appreciate more the peace of my mountains. Nothing yet from young Ryckman — I am getting impatient; but still he is a reliable & hardworking boy & I hope his manuscript will come soon.

With many thanks again & all best regards & wishes.

Yours,

P Demiéville

Letter from Prof. Demiéville, dated 23/08/1974
戴密微教授致饶宗颐教授信　1974年8月23日

挚友惠鉴：

欣接秀丽李白书法（喜之更胜杜甫），不胜感激，将于明年秋在巴黎举行之中国书法展中展出。喜闻已与愚好友 Jacques Gernet 见面，或未曾知，彼刚获选为法兰西公学院之汉学教授；前任教授包括 Stanislas Julien① 及 Chavannes② 等，自余退休后，此位因可笑诡计一直悬空。Gernet 博学多才，真心真意喜爱中国。顷接潘重规教授创办之《敦煌学》，优秀有益。只是拙照配上君美词，颇难为情，惟幸美词未为之所影响。实在不配得此题序，君为平生所爱之杰出文化之代表人物，有幸获君馈赠，荣幸至极。早前已从西班牙南部归来，将返回老家，与尊画作共度最少部分秋日。每天都有感年岁渐长，亦越发喜爱山中生活步伐。小伙子 Ryckmans 尚未有来信；虽焦急不已，但此子绝对值得信赖，做事勤奋，期望稿件能早日完成。

　　谨此再次致谢，顺颂
祺安。

戴密微匆此<br>一九七四年八月二十三日

---

① 未能确定中文姓名之写法，若中译，将为"儒莲"。
② 未能确定中文姓名之写法，若中译，将为"沙畹"（此处猜想是指有"欧洲汉学泰斗"之称的 Édouard Émmannuel Chavannes）。

Paris, Oct. 24, 1974.

Dear Friend,

You must wonder about my silence since I last wr[ote] Aug. 23. I duly received your letter of Sept. 15, in which [you] told me that in the previous month ( that is in August ) you had sent me a long roll of wishes for my 80 years and landscapes of the Swiss Alps together with inscriptions in the form of sh'ü by your friend Mr. Lo K'ang-lieh of Hong Kong University. In August I was in Mont-la-Ville, where to my correspondence was being forwarded by the Paris post-office. There I received a note from the Paris post-office, stating that a parcel had arrived for me from Hong Kong and would be delivered to me against the payment of fr. 5. I sent a postage stamp of fr. 5 to the Paris post-office, asking them to forward the parcel to Mont-la-Ville. But they returned the stamp to me, stating the the parcel could only be delivered personally to me against payment in cash! As soon as I returned to Paris a week ago, I went to the main post-office and asked about the parcel. They answered that as I had not come earlier it had been returned to the sender, that is to yourself! I do hope that you have duly received it by now! And please wait to send it to Paris again, as we have now a strike of the postal service ( and I shall have to wait till the end of the strike to send off the present letter! ). The world, or at least our old Europe, is all out of order, and I am so sorry about the precious parcel! So many thanks for your kind thought about my birthday. I felt suddenly so old and decayed. I am glad you saw my friend Gernet ( the best of my students ) and also L.S. Yang, who just sent me his review of Tun-huang ch'ü, writing that he discussed it with you. Also I hope the young Ryckmans will have seen you by now and his adaptation of Tun-huang pai-hua will soon be ready at last. Also many thanks for your offprints of P. 2641 and S. 5540. You wrote that you gave some more to Gernet; I have not yet seen him. Your ts'ao calligraphy of Li Po is being exposed in an exhibition of Chinese calligraphy now held here. The poem by Li Po is a splendour, I enjoyed immensely reading it again and thank you so much for your kind copy ( with the last line!). Vandermeersch is now the successor of Gernet in one of the 14 (!!!) universities of Paris, I shall tell him to write to you. His big thesis on chia-ku wen, for which you helped him so much, is now finished.

Dear friend, I hope you are keeping in excellent health ( better than my old carcass) and working satisfactorily.

Yours ever gratefully and faithfully,

P. Demiéville

Dec. 13. We had a postal strike ( ) which lasted six weeks! Meanwhile Gernet brought me your offprints: what a work, both in quantity & quality! Please keep going at this rate! Your parcel has not arrived yet. H. Vetch sent you the photos of 文選 texts which I ordered for you ( sent on Dec. 9, by sea, registered mail). What about Ryckman's adaptation???

Ever yours, with all best wishes

P. Dem

Letter from Prof. Demiéville, dated 24/10/1974
戴密微教授致饶宗颐教授信　1974年10月24日

挚友大鉴：

自八月二十三日来函以来，久未通信，定必有所疑惑。九月十五日惠函已收悉，信中提及上月（即八月）邮寄祝八十大寿序及瑞士阿尔卑斯山画卷，香港大学好友罗忼烈先生，于画上题曲。八月之时，身处蒙拉维尔，信函由巴黎邮局转交。其时邮局寄来备忘，称收到一香港包裹，需付五法元始作转发。逐寄上五法元邮票，并要求将包裹转发蒙拉维尔。岂料邮局退回邮票，称需以现金付款，始作转发！一周前返回巴黎，即时赶赴邮政总局，查问包裹事宜。彼称为时已晚，包裹已寄回发件人，即君矣！惟望此刻已顺利送抵！吾处邮局现正罢工，还请稍候时日，再将包裹寄至巴黎（余亦需待罢工结束，方能将此信寄出！）。整个世界，又或最少是吾等熟悉之欧洲，全都乱哄哄。珍贵包裹遇上此等事宜，实是懊恼之至！为余生辰花费心思，美意隆情，曷胜感激。顿感年老衰退不堪。欣闻已与余好友 Gernet（余最出色之学生）及杨联升会面。顷接杨君《敦煌曲》之评论，彼提到曾与君作讨论。另期望小伙子 Ryckmans 已与君会面，其法文版《敦煌白画》亦可早日完成。惠赠 P. 2641 及 S. 5540 之抽印本已收悉，谨此致谢。提及曾寄赠更多抽印本予 Gernet；尚未与彼见面。草书李白之书法大作，现正于巴黎中国书法展中展出。李白诗作绚丽无比，再度阅之，乐趣无穷，万分感谢大作（附有末句！）。Vandermeersch 现接手 Gernet 于十四所巴黎大学（！！！）其中一所之职位，将请其与君通信。彼有关甲骨文之论文，获君指点良多，现已完成。

吾友，谨祝身体壮健（莫似愚老弱残躯），工作愉快。顺问近好。

戴密微端此
一九七四年十月二十四日

十二月十三日。邮局罢工已有六周矣！此期间 Gernet 带来君之抽印本；此作不论质与量皆出色之至！望循此方向继续研究！包裹尚未送达。代为订购之文选照片，H. Vetch 小姐已寄妥（十二

月九日寄出，挂号航邮）。Ryckmans 之法文本进度如何??? 顺颂
祺安

戴密微匆此

Paris, January 24, 1977.

Dear friend,

Just a few words to tell you that I duly received your kind letters of Dec. 31 and Jan. 3, and that to-day I send you by air photocopies of of the Vietnamese Diary and of your Postscript 跋. As to my own French translation of the latter, which you also ask me to send you, it is only a rough translation and is not yet typewritten, and I think it is without interest for you. I shall arrange it properly if there is a possibility of publishing the two Chinese texts, to be published with them.

Many thanks for your poems about the South of France and Spain, which I had yet no time to read, and also for your lecture on the Ch'in texts recently unearthed. I told Hervouet about the publication of the Sung Project. Vandermeersch suggested to André Lévy to publish his translation of your poems on the Auvergne etc. in some "Occitan" periodical published in our Southwestern region, so-called Occitanie ( where they speak the "langue d'oc" instead/French and have a strong regional feeling ).

I shall return to Mont-la-Ville before the Spring ( April-May ) so please write to my Parisian address if you have something to tell me or to send me, until I let you know that I left the metropolis.

My edition of Wang Fan-chih, together with the T'ai-kung chia-chiao, is now practically ready. There are about 650 pages, and I made use of 65 manuscripts from Tun-huang. My friend Menshikov writes from Leningrad that he identified there 4 more manuscripts, which he is going to publish. May I ask you about the source of the following verse in T'ai-kung chia-chiao (19 D):

蛟龍猷聖
不能整崖二之人

Where on earth are the crocodiles said to be 聖?
Surely not in the famous 崖文 by 韓愈 !

With all best greetings and wishes,
Yours ever,

Demiéville

挚友大鉴：

十二月三十一日及一月三日惠函经已收悉，免介。今日并将《往津日记》及尊跋之影印本空邮寄出。至于尊跋之法文拙译，现尚在起草阶段，未有打好，无甚益处可取。两份中文稿件出版之时，定当安排妥当，以便一同发行。

喜接咏法国南部及西班牙诗作，只恨未能抽空拜读。有关近来出土秦简之演讲稿亦已收妥，切谢切谢。已将出版宋朝研究之事告知 Vandermeersch，另彼向 André Lévy 建议，于奥克语期刊发表奥弗涅俚句之译本。此等期刊于法国西南，称为"奥克郡"之地区发行（此些地区以"奥克语"为语言，而非法语，有强烈地区性）。

春季前（四至五月）不会返回蒙拉维尔，如有信函及包裹，请寄往巴黎。离开此大都会时，必定告知，以另作安排。

拙版本之《王梵志》及《太公家教》已几近完成。全书共 650 页，采用了 65 份敦煌文献。吾友 Menshikove① 自列宁格勒来函，称发现多四份文献，并将准备出版。另望赐教《太公家教》中以下句子之典故（19D）：

蛟龙虽圣
不能救岸上之人

实在不明白何以称鳄鱼为"圣"？想必不是来自韩愈之著名祭文！

顺祝曼福不尽。此颂
近祺！

戴密微端此
一九七七年一月二十四日

---

① 未能确定中文姓名之写法，若中译，将为"孟列夫"（此处猜想是俄罗斯汉学家 Lev N. Menshikov）。

28 Mars 1977

Dear friend,

I was so glad to hear about you from my friends Mr. and Mrs. Armelin, but sorry that the news were a little gloomy, as they said that you were somewhat tired and worried by your new post at the Chinese University. I hope that by now you may have overcome any worry - otherwise I suppose you could return to a post of professorship. So many thanks for the kind and delicious gift they brought. They were delighted by their stay in Hong Kong and your kind welcome. I told my friend Indu[matī] ( Indu is the Sanskrit name of the moon and is masculine!) about the Sanskrit texts which you wish her to recite for you. She will record them on a magnetic tape which will be sent to you by air; it is more convenient and just as practical as a gramophone disc. Many thanks also for the pretty cut papers from Mrs. Liu Ts'un-yan, and for the two books brought by Mr. Ch'ien Ch'ing-hao, "Renditions" with your paper on the I-min painters of Ming, and the English translation of Hsieh Ling-yun's admirable "Shan-chü fu". I heard form P. Ryckmans, who spent three months here, that the book by Li Chu-chin on the splendid collection of I-min painters in Zurich ( A. Drenowatz Collection ) is duly present in the library of the Department of Fine Arts of your Chinese University ( he went specially to Zurich to see the paintings ). The translator of the Shan-chü fu, F. Westbrook, is from the University of Wisconsin , not from Princeton, and he does not mention that he prepared his translation under your direction. That was a disappointment for me; but I shall examine his translation, hoping to find it useful, particularly for the identification of botanical and zoological names. - I asked a specialist of the history of art for good books on the tiles and their history in the Near East and Europe. I shall look them up and let you know what they say. - I received from Yang Lien-sheng nice photos of him and his wife together with Chou Kuan-jen and yourself in Shatin. I also found some in Hsin-ya Sheng-hua, two issues of which were sent to me by the young Yang Yung, that young man so gifted for the history of Chinese Buddhism ( at last a Chinese, not a Japanese! ). I believe my former student J. W. de Jong has now got him a post at the University of Canberra; there are a lot of foreigners there, and they seem to quite happy among the kangaroos. - I translated for Mrs. Indu your two chüeh-chü on Taj Mahal ( I suppose this is the meaning of T'ai chi ling )), but not yet the poems on the seven sights of Southern India. - there so many tien-ku that they are practically impossible to translate! - Herewith a copy of the letter from Needham in reply to my note on the two lines of Hsieh Ling-yun which I had sent him on your request. I am not clear myself about the reasons why you had chosen these lines to send them to a specialist of Chinese science and its history. Perhaps you would care to explain to him ( or to me )? Many thanks also for your kind replies to my queries concerning some passages of Wang Fan-chih. My edition and translation is now entirely ready. What is not yet transmitted to the printer is your book on the monochrome paintings of Tun-huang. Young Vetch is terrible for correcting and finishing the French text. Every third day she comes to me to ask whether her corrections are right - and usually they are! I do hope that next week it will all be over...

With all best wishes for your health and work, I remain,
Yours ever sincerely,
P. Demiéville

many thanks also for the new enlarged edition of the beautiful book with the reproduction of Huang Kung-wang's masterpiece on 富春山, which reminded me of Hsieh's poem 富春渚 -

Letter from Prof. Demiéville (Manuscript), dated 28/03/1977
戴密微教授致饒宗頤教授信 1977年3月28日

挚友台鉴：

喜自吾友 Armelin① 夫妇闻得君近况，惟得悉近日颇为疲劳，并为中文大学之新职位忧心，不免顿觉黯然。但愿忧心之事现已一一解决——不然亦理应可再执教授之位。二人转交之礼物美味可口，盛情厚意，特此感谢。彼香港之旅欢喜愉快，承蒙关照接待，不胜感激。已告知吾友 Indu［matī］②（Indu 为月亮之梵文③，乃阳性词！）欲请彼相助读诵梵文篇章，以录音带录好后，将空邮予君；录音带与留声机盘同样可行，且更为方便。迭接柳存仁夫人之精美剪纸、陈荆和君惠赠之两部书册、载有君论述明遗民画家大作之《译丛》期刊、及谢灵运美文《山居赋》之英译，感谢劳心。P. Rykmans 来此逗留三个月，告知李铸晋君所著，有关苏黎世明遗民画（A. Drnowatz④ 之藏品）之大作，已正式于中文大学艺术系图书馆展出（彼特意到苏黎世观看有关画作）。《山居赋》之译者 F. Westbrook⑤ 来自威斯康辛大学，而非普林斯顿，并未有提及是在君指导下翻译。虽对此甚为失望，但仍会查看译本，期望找到有益之处，尤其是动植物名称之翻译。已托艺术史专家推荐有关此画，并其于近东及欧洲历史之好书，参阅后，当告知其中重点。杨联升君寄来玉照数张，乃夫妇二人与君及方桂君摄于沙田。另又于两册《新亚生活月刊》中，喜见数张玉照。此两册乃小伙子杨勇寄赠，此子在研究汉传佛教史方面天赋优越（终于出了一中国学人，

---

① 未能确定中文姓名之写法，猜想是指 Armelin Indu 夫妇，若中译，将音译为"艾玫琳"。

② 未能确定中文姓名之写法，"Indu［matī］"猜想即指"Mrs. Indu"，若中译，将意译"月夫人"，或音译"嫣杜夫人"。

③ 若果外国人的名称会以中文译名显示，此句意为"彼梵文姓名 Indu 即为月亮之意"，或"月夫人之梵文姓名为 Indu"。

④ 此书应该是指"A Thousand Peaks and Myriad Ravines: Chinese Paintings in the Charles A. Drenowatz Collection"。信中将"Drenowatz"打作"Drnowatz"。另同注脚 1。若中译，将音译为"丹农华滋"。

⑤ 未能确定中文姓名之写法，若中译，将音译为"韦斯特布鲁克"。

而非日本人！）。吾旧生 J. W. de Jong① 想已为彼于坎培拉大学觅得职位；当地外国人众多，似与袋鼠共处得颇为欢快。已为 Indu 夫人译好泰姬玛哈陵（想即是指泰姬陵）绝句，惟南印度七塔歌则尚未完成；当中典故太多，几近无法翻译！谢灵运诗二句早前已寄予 Needham②，随函谨附其回复之影印本。愚亦不明白为何选此二句寄予中国科学及科学史专家，乞望赐教向彼（或是愚）解释。王梵志中数段之疑问蒙费神赐教，不胜感谢。愚版本及译本已准备妥当，惟独有关敦煌白画之尊作未送赴（！）印刷商。小妮子 Vetch 对修改法文文稿非常讲究挑剔，三两天就来询问修改是否正确——那些修改多为正确无误！还望下周此事可圆满结束……

　　祝身体健旺、研究顺利。顺颂
时绥。

戴密微端此<br>一九七七年三月二十八日

　　蒙赠印有黄公望富春山图之增订本巨作，赏之忆起大谢之《富春渚》。

　　[信左侧手书字]
　　未能寻回 Needham 之信，想是丢失了，抱歉之至。

---

　　① 未能确定中文姓名之写法，若中译，将为"狄雍"。
　　② 未能确定中文姓名之写法，若中译，将为"李约瑟"（猜想为英国汉学家 Joseph Terence Montgomery Needham）。

饶宗颐教授致戴密微教授信　1966年8月17日

饶宗颐教授致戴密微教授信　1975年10月10日

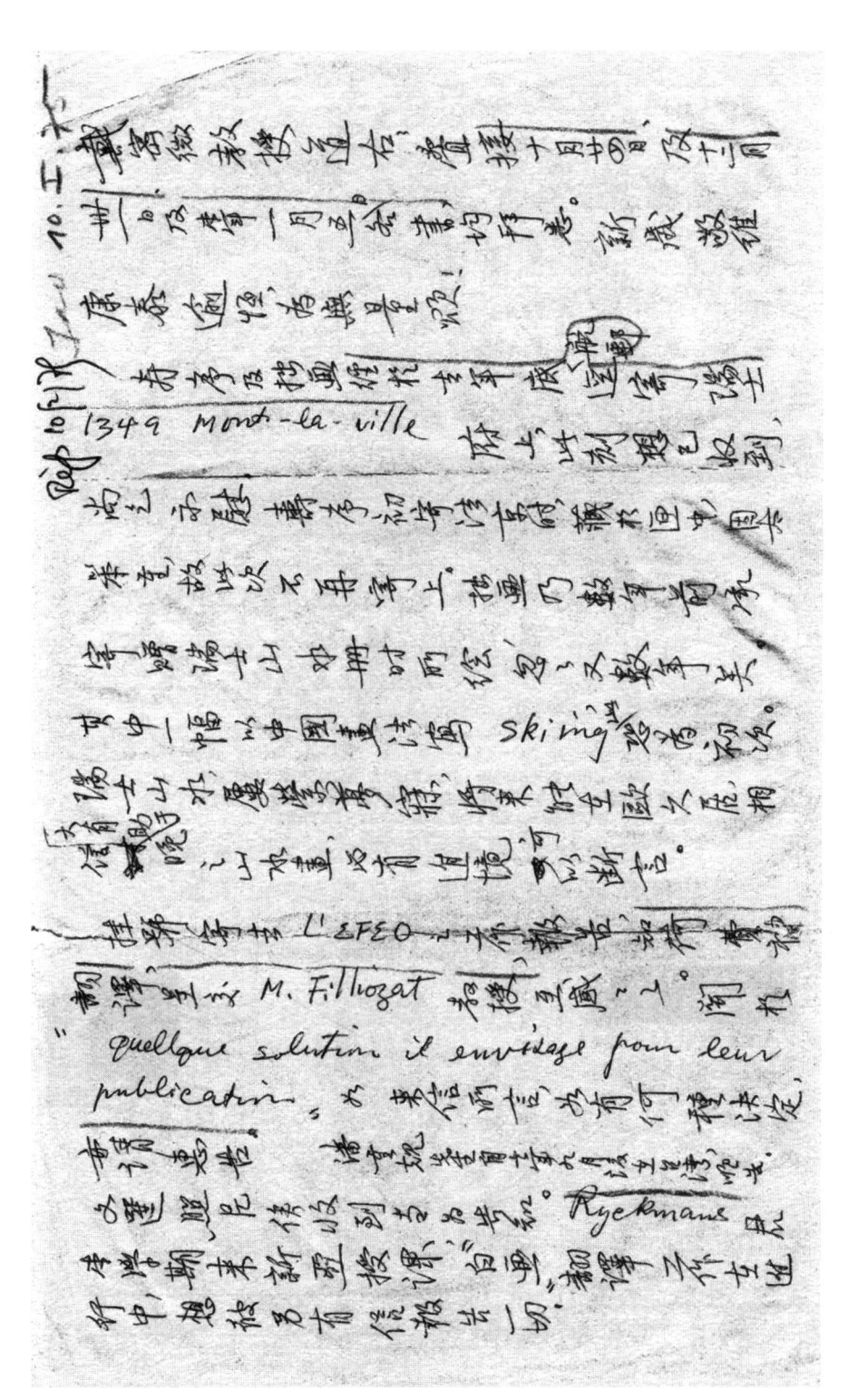

饶宗颐教授致戴密微教授明信片　1975年1月10日

饶宗颐教授致戴密微教授信　1977年2月21日

饶宗颐教授致戴密微教授明信片　1977年2月21日

戴老道席：久不得賜書甚為念。室邇日泣團鄭召存工此

即晨維 起居康泰，為禱。茲將為 EFEO 研究工作報告如下：

（一）中國史學上之正統論——中國史學觀念探討之一

內容及資料見另紙。此書著手在一九七〇年於耶魯研究院現已寫成，似可作為專書，以供治中國史學史者之參考。

（二）敦煌本文選

目錄大綱，見另紙。尚在撰寫中，出版前你請法室隨時供給。

（三）新加坡早期中文史料（Collection of Chinese Sources in the history of Singapore (up to the end of the Imperial era 1911)）

此書著手於一九六七年，時將赴星洲大學任職，所收資料包括清修官書、奏議、函牘、傳記、野史、筆記、譜牒

饒宗頤教授致戴密微教授信（一） 1974年12月23日

诗文集、报刊等，另有若干钞本及罕见材料，计百馀种书，前罕以序言，聊朋年可成书。

以上务项，请代向 Frankel 教授陈述，阂者出版手续，是否照该院专刊格式书写付影印，在香港排版，再寄法京印刷诸之，恳示，以便遵行。

本年十一月十六日至廿二日，与陈荆和博士等，应日本东南亚学会邀请，前往参加蒭论文为，缅甸蒲甘国史事零拾，久即将译成日文，在东京出版。

先生何时返瑞士渡假？诸见告，俾得画册寿序寄上，竚候霞示，无任魍企，此叩

著绥。

　　　　晚　饶宗颐拜上 十二月三日